DENMA

THE
QUANX

4

양영순

네오
카툰

chapter .13

피기어

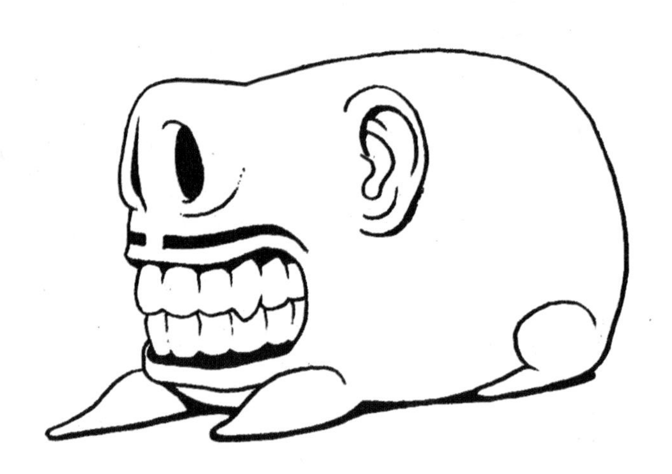

아하하…
왜 이래?
우리…

서로 각자
알아서 챙겨 먹기로
했잖아, 응?

이거 쓰레기통에
그대로 처넣어.
응!
음식으로
지옥을 경험하고
싶지 않아.

이봐! 이봐!
냉동고 말고
쓰레기통!
응!
꿈도 꾸지 마!
해동해서 다시
내놓기만 해!

응!
탕
하아아…
저 곰이랑 대화하려는
내가 나빠!

실버쿽… 저것들
애플에 대해 얼마나
알고 있는 거야?
젠장! 언제 어디서
놈들에게 무슨 일을
당할지 모르니…

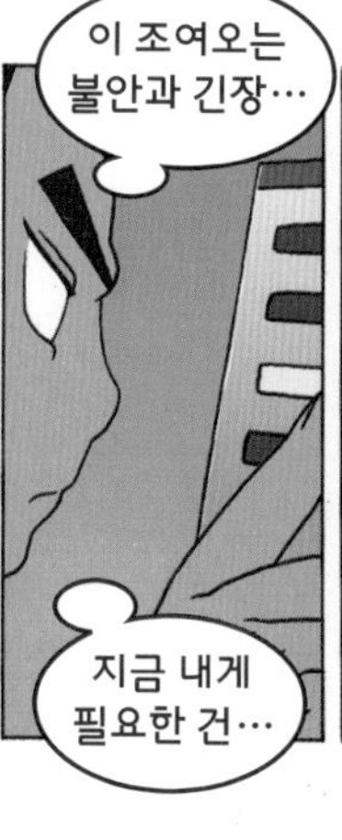
이 조여오는
불안과 긴장…
지금 내게
필요한 건…

사랑!
왜?
왜라니? 우리
사이에 의문은 없다.
이번에 귀향하면
진지하게…

닥쳐, 문어발!
다족류 안 키워.
바로 그거야!
사랑은 그런 오해를
통해 더욱 견고해
지는 법!

내겐 오직
너 하나뿐…
팟
OFF
…이면 역시
곤란하쥐.
티릭

응? 제트 군?
하이, 준!
역시 나… 네게서
벗어날 수 없게
돼버렸어.

……

딩동

딩동

누…
누구세요?
무한 책임
우주 택배, 실버퀵
입니다.
아…
잠시만요.

나, 이런!
이건 또 뭔
경우래?
할 수 없지.
그럼…

하나…
둘…

셋…

넷…
?

다섯…

여섯…
!

일곱…

꺄아아아…
츠츠

츠츠츠
무… 무거워!
이게 뭐야?
움직일
수가…

강도질도 사람
봐가면서 해야지,
이 아가씨야!
꺄아아…
츠츠츠

내 이름은 제트!
퀑이야. 중력을
다뤄.
지금 건
중력 더하기.

마리오 씨가 아니라 집사 놈인데요.
툭
대체 무슨 일이 있었던 거야?
탄자 님! 마리오 씨 흔적을 찾을 수가 없습니다.
뭐야, 이 영감…
내부 감시 카메라는 모두 꺼져 있던데요.
끄응…
대신 외부 카메라에 잡힌 영상에…
……
크윽!
역시 이 망할 계집이…
또르르
또르르

야, 훈! 장난 그만 치고 여기 와서 이것 좀 봐봐!
아, 네…
뭐야, 이 빨간 자식은?
……
쿵이네요.
저랑은 다른 기술을 가진…

스스스

휙
뭐야…
마리오 씨가 아닌데…

허우적
택배물을 노렸다는 건 역시 마리오 씨의 행방을…

큰일이야, 이제 곧 밀렵꾼들이 들이닥칠 텐데…
이봐, 강도 아가씨! 마리오 씨 어딨어?

마리오가 주문한 저 물건이 그들에게 넘어가면 피기어들이 위험해!
저걸 반드시 폐기해야 돼. 그래, 기왕 이렇게 된 거…

아, 저…
마리오 씨는 저희랑 같이 계세요.

이름이 뮤이라고 했던가?
네…

그래, 아무래도 나 뮤이 씨를 사랑하게 된 것 같아.
……
쿵 아저씨가 지금까지 어떻게 살아왔는지 짐작이 가는 대목이네요.

내 머리에 총을 겨눈 강도를 따르고 있잖아.
이건 사랑이 아니면 설명할 수가 없다고!
저기요… 사정이 있던 거니까 강도라는 표현은 좀…

괜찮아. 강도면 어때? 사랑하는데…
돌겠네요.

자기야!

자기
어딨어?

장난 그만
치고 이제 좀
나와!
숲은 금새
어두워진다구!

미끄덩

데구르르
와아앗!

아이코…

크르르르…

!
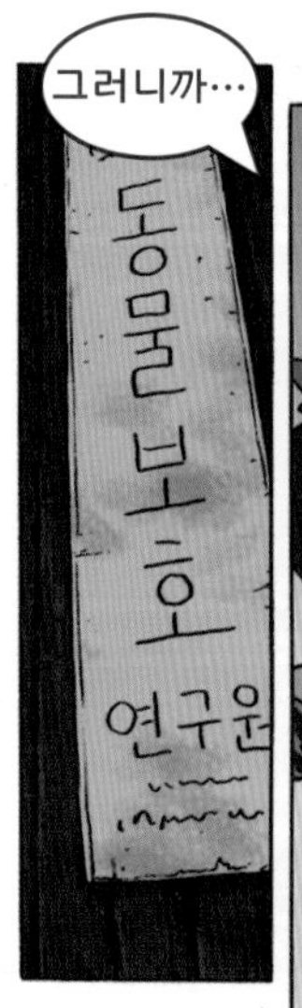
그러니까…
동물보호
연구원

여기가
뮤이 씨
사무실?
거의 집이에요.
들어오세요.

쿵쿵…
특이한 구조로군.
축사를 지나가다니…
여기가
사무실인데…

이거… 사랑이
빠르게 식어가는걸.
다행이네요.

끼익
!
어? 다녀왔구나!
그래, 어떻게 됐어?

젠장! 이거
산 넘어 산이네.

아, 글쎄 이번
밀렵팀 멤버 중엔
쿵도 있대.
탁
탁

인사해.
이쪽은 마리오 씨
물건 가져오신
택배 기사님.
난 남자들이랑
인사 안 함!

아하!

이분도
쿵이셔.

반갑습니다.
척

무슨
꿍꿍이야?
내가 그렇게
어수룩해 보여?

무슨 수작들인지
말해! 아니, 그보다
먼저…

나한테 혼나지
않으려면
마리오 씨부터
내 앞에 데려와!

척
대체 이게 뭐길래
틈만 나면 나한테
총을 들이대는 거야?

……
뭐야, 이게?

출입국
보건의약 관리부…
에서 통관 허가를
받았으며 인체엔
무해한…
어디 보자,
품목 분류는
화장품…

응?
향수?

얼마나
특별하길래?
어디…
칙
칙

앙! 앙! 앙! 앙!
아, 됐어! 납치된
사람 구해주는 마당에
이 정도 가지고 뭘!

킁킁
호! 이것
봐라…

이성을
유혹하는
페로몬 향수
같은데?
마리오 영감…
왕성하게
사시는구먼.

칙
칙

푹
적
푹
적

흐음…
나쁘지 않아.

뭐야, 뮤이 씨?
갑자기 날 보는 눈빛이
심상치 않은데?
하긴…
무수한 내 별명
중에 가장 유명한 건
섹시 제트!

뭣들 해?
어서…
마리오…

ZZZ…

뭐야? 이 아무 생각 없이
어처구니없는 남자는?
초고농도 농축액이라
깊이 잠들 거야. 어서…

넌 가만있어!
ZZZ…
슬쩍

맙소사! 이 정도
양이면…

앙! 앙! 앙! 앙!

우우웅

탁

후우우…

퍼벅
꺄아아아…

뭐… 뭐야?

뭐긴,
이것들아!
강도에게 뺏긴
물건이랑 사람
찾으러 왔지!

너희 때문에 우리가 매번 얼마나 골탕먹는 줄 알아?
놔… 놔요! 이거!

철컥
내 친구들에게서 손 떼!

크크크… 이게 미쳤나?
훈! 너만 남고 나머지는 물건이랑 마리오 씨를 찾아!

옛썰!
네? 왜 저만…

탄자 님, 지금 절 보고 이 꼬마를 상대하라는 건가요?
이 사람들이! 마취총이라고 깔보는 거야?

이거 장난감 아니거든?

퉁

퍽
크흑!

아… 장난감 아니네요. 인사할게요.
이번 사냥에 새로 합류하게 됐어요.
특기는 공간 왜곡!

텅
텅

텅
텅
텅

탁

……
긁적
긁적

……

뭐… 뭐야? 너!
언제 여기까지…

앙! 아앙! 앙! 앙!
모자 쓴 놈들이
애들과 물건을
가져갔다. 놈들 중엔
쿵도 있는데…

앙! 앙! 앙! 앙!
그래서
아바타로 놈들을
뒤쫓고 있다…
이런, 제기랄!

매번 느끼는
거지만
왜 내가
저 짐승의 말을
알아듣는
거지?

앙! 앙! 아앙!
앙! 앙!
아… 알았어.
물건이야 되찾으면
되지. 진정! 진정!

하! 요것들이
감히 이 제트 님의
업무를 방해해?
쿵도 있다고?
겨우 하나?

흥! 나, 17 대 1의 남자에겐
그저 코웃음만 나오는군.
그래, 간만에
몸 좀 풀어볼까?

이번 사냥이 끝날 때까지 너흰 여기 머물 거야.
우릴 골탕 먹인 대가지.

그만두세요! 피기어 포획은 명백한 위법인 거 모르세요?

그것 때문에 잡혀갔다는 소린 못 들었는데?
꼬마야, 이 왕국에는 먹고사는 문제가 법보다 급한 사람들이 많아.

우릴 감시해야 할 공공기관조차 우리가 떼주는 몫을 간절히 기다리고 있단 말이지.
너희 같은 사설 모임이 끼어들 판이 아니란 말야. 내 말 알아들어?

응!
오케이!

휙

뭐지? 아까부터 날 쫓아오는 것들이 있는 것 같은데… 기분 탓인가?

이게
사냥에 필요한 물건인가요?
화장품으로 분류돼 있던데…

탁
아무렴, 이 친구야!

세관 통과를 위해 품목을 조작한 거야.
혹시 모를 경우를 대비해 외부에서 만들었대.

이건 피기어 수컷들을 유혹하는 암컷의 초고농도 농축 페로몬!

이것 한 방울이면 사방 3km 이내의 수컷들을 몽땅 유인할 수 있지.

뭐? 저것들이 지금 뭐라는 거야?

퉁

됐어! 다시 무중력…

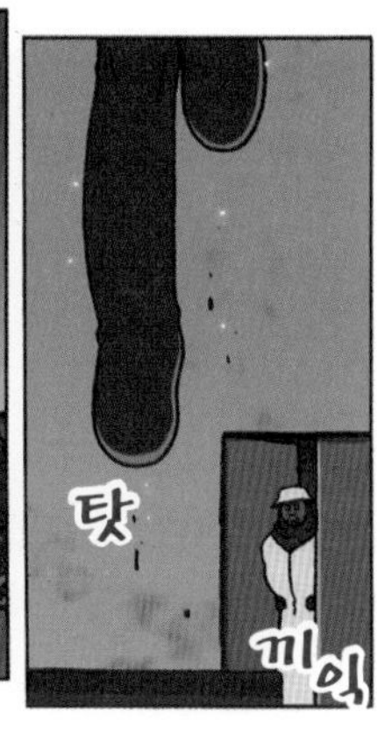
탓
끼익

뭐… 뭐야!

내려놔!
철컹

치잇!

과중력!
콰
직
!

짜식이…
탓

까불고
있어.
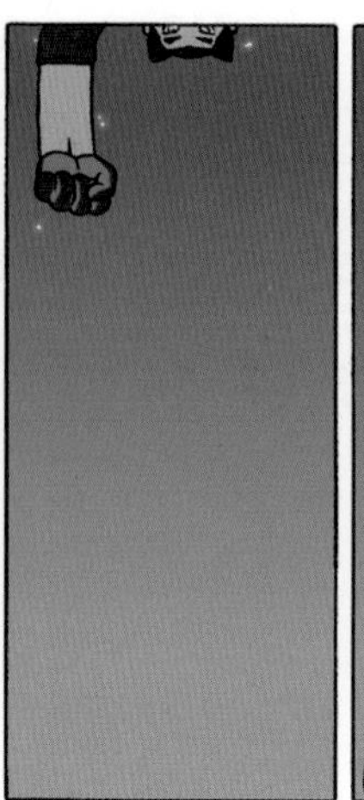

퉁

아, 뭐야?
제기랄! 이거…

아, 제가…
주… 중력
다루시죠?

네놈이구나!
공간 왜곡…
인 거지?

흥!
뭐야…?
그런 건 중력의
기본 옵션
이라고!

아하하…
여… 역시
그렇죠?

지금 당장
전력을 다해 너와
한판 붙어주마!
나한테 한 수
배우도록!

툭

터엉
아까부터 대체 이게 무슨 소리야?

텅

텅

하아
하아

아, 가만히 좀 있어 봐!
좌표 찍자마자 내치면 어떡해?

제가 몸이 예민해서… 뭐든지 금방 느껴 버리거든요.

닥쳐! 불쾌한 장면이 떠오르잖아!

빌어먹을…! 내 순간 과중력을 삼킨 뒤 좌표 자체를 옮겨버리고 있어.
중력이 필요없는 공간 왜곡… 아! 그럼 내 것보다 상위 기술인가? 그렇다면…

오늘은 여기까지! 수고 많았어.

아, 깜짝이야! 어느새 코앞에…

가지고 계신 그 물건, 제게 돌려주셔야 하는데요.
뭐… 뭐야? 그 기분 나쁜 제스처는?

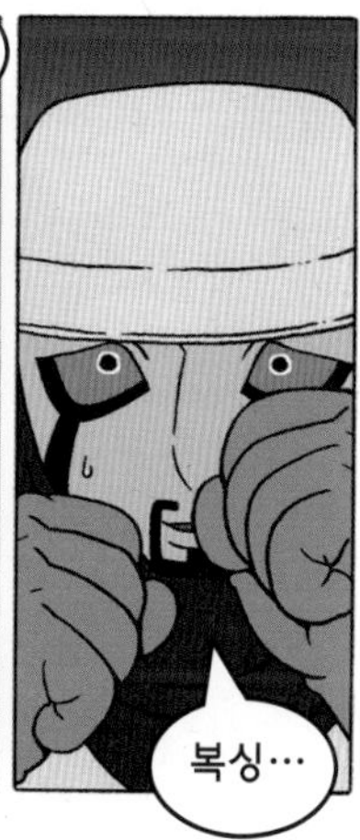
복싱…

콰직

츠즈즈
미끄럼틀처럼 공간을 변형한 뒤…

촤아

팍

퍽
퍽
퍽

좋아! 아주 좋아!
굿 콤비네이션!

물론 그래봐야 어릴 때부터 중력으로 다져진 내겐
휘청
한낱 솜뭉치일 뿐이지만…

그러면…

더 세게!
빡
빡
빡

와하하하! 너란 녀석 정말…
그런 거 나한테 소용없다니까!
우리 이제…

대화하자.
우르르르

넌… 택배 기사?
이봐, 자네 일은 아까 끝났잖아!

이런 비겁한 자식들!
지금 17명이 넘는 거냐?

내가 만들 수 있는
좌표의 크기는 한정돼 있어.
한꺼번에 이것들을
칠 수가 없다.
게다가 저런
퀑 놈이 함께…

우리 훈이한테
된통 당한 것
같은데… 도망갈
궁리하나?
푸하하하하…
크르르르…

그래,
하나 둘 셋과
동시에
저 푸른 초원을
정말 원 없이
달려보자!

!
엇? 피…
피기어다!

크르르르…

크르르르…

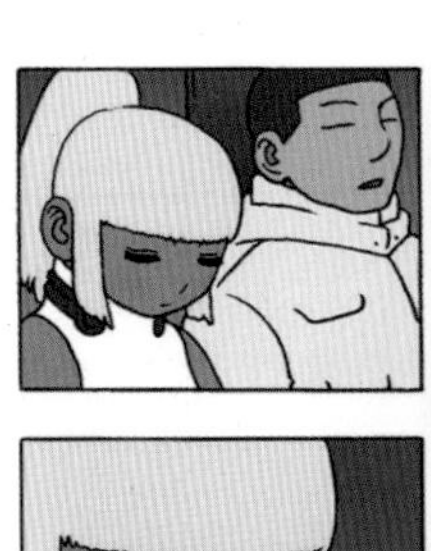

!

읏차!
!
뭐 하려고?

피기어들이
근처에 있어.
이곳으로 유인해서
여길 빠져나가자.

치익

저… 저게
피기어?
조물주의
자학 개그냐?

철컥
아, 사냥은
장비가 도착한 뒤!
쏘지 마!

이봐, 이유는 모르겠지만
택배 기사가 배달한 물건을 훔치는 건
또 무슨 경우야? 어서 돌려줘!
그나저나 이것들은
왜 몰려든 거지?
저 친구
소란 때문에 페로몬
앰플이 깨지기라도
한 거야?

퉁

탁
아하하…

빠악

우잇, 씨…

쯧! 방심하면
별것도 아닌 게…
치졸한 수작은
용납 못 해!

크르르르…

!
쿵쿵

타닷

훈이가 저 쿵 놈에게 당했다! 이대로 피기어 떼에 휩쓸렸다간 앰플을 잃게 돼!
할 수 없다! 쏴버려!

철컥
철컥

중력 장벽!

투학
투학
투학

터엉
텅
퍼벅

이때다!
팍

드드드드
꿀! 꿀!

쫓아!

그러니까…
그 돌멩이를
제게 한번…

퍽

기…
기절했어요!

오케이, 화이트는
허세가 특기고…
레드, 넌?

사제님…!
이델 사제님!

제트 연결해줘!
네?

왜?

찾았다!

뭘?

응!
나랑 같이…
놀아줄…
친구!

… 같은 소리 하고 자빠졌네! 남은 지금…
끊어!

하악
하악

!

무중력!

랄랄랄랄

뭐… 뭐냐? 이 극한의 불쾌감은?

크아악! 변태 중년의
비린 엑기스 같은
이 냄새와 끈적임!
내 저것들을…

투학
투학

과중력!

슈우욱

……
젠장…!

이런 한심한
피조물 같으니…
고작 암컷
페로몬에 취해
몸을 던지다니…

앙! 앙! 앙!
당장
본선이나
끌고 와!
닥쳐! 닮긴
뭘 닮아!

뭐? 놓치다니…
이번 프로젝트가
얼마짜린데!
훈이 놈, 깨는 대로
보낼 테니까 끝까지
추적해서 되찾아와!

탄자 님,
계집애와 그 일당이
사라졌습니다!
치잇!

피기어 몇 마리가 쓸고
지나간 자국이 남았는데요.
아무래도…

그래, 더 이상
관용은 없다!
앰플 회수하고 나면
그것들 모두 처치해서
숲에 묻어!

타 다 닥

우와, 역시…

해동! 저걸 그냥…!

목숨 걸고
일하는 보상이
이따위라니…
그래, 배고픈 내가
나쁜 놈이지.

손 똑바로 들어!
눈 깔고!

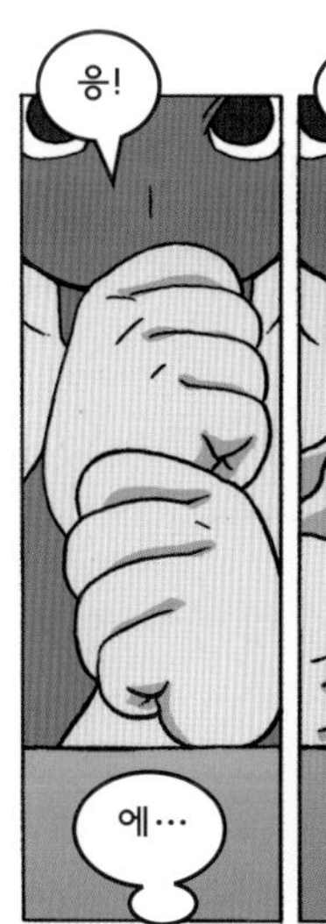
응!
에…

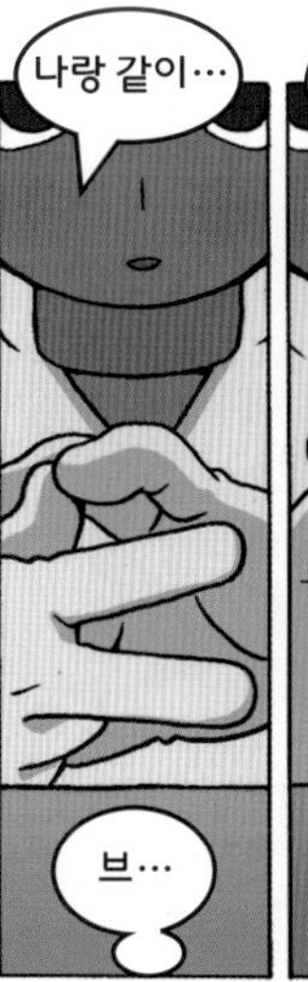
나랑 같이…
브…

놀아줄…
라…

친구!
임…

… 에브라임!
찾았구나,
에브라임 쿵!

야호! 드디어 실버쿽에서 탈출할 실마리가!
그래, 틀림없이…

!
CALL

제기랄! 방심한 사이 먹고 말았잖아!

앙!
앰플 박스에서 내 전번을 땄구나! 역시 내 사랑!

그래, 마리오 씨는?
쿵 아저씨, 잠시 저희를 도와주시면 안 될까요? 마리오 씨는 꼭…

이봐, 일과 사랑은 구분해야지!
내 두 눈으로 마리오 씨를 확인하기 전까지는 당신과 사랑만 할 거야! 끊어!

……

뮤이야, 이번 밀렵팀은 규모가 달라! 산림청과 보호협회에 다시 한 번 이야기해보자!
그 이후의 전개는 이미 몇 번의 경험으로 너도 잘 알잖아!

그렇다고 잘 알지도 못하는 쿵까지 끌어들여 뭘 어쩌게?
마리오 씨를 찾아올 테니까 어서 병원으로 그 녀석 데리고 들어가!

어떻게 찾으려고?
현장엔 둔기를 맞고 쓰러진 집사뿐이었어.
내가 그 집사와 나눈 마지막 전화로 짐작건대

영감은 실비아를 찾으러 숲을 헤맸을 거야.
그러고는 이내 피기어 수컷들에게 둘러싸였겠지.

그렇다면 그가 있을 장소는…
그곳, 피기어들의 하렘!

다녀올게!
……

아오, 빡쳐!
담탱이 땜에 오늘
완전 돌겠네!
내 말이!

!

……

꿀!
야, 마침…
너 잘
걸렸다!

종일 숲에서
땅이나 파먹는 식충이가
웬일로 길바닥에?
근처에
암컷이라도
있나?

야, 손에 쥘 것
좀 가져와봐.
묵직한 걸로!

크르르…
쉭

젠장! 냄새나!
숨쉬지 마!
퍽
퍽

재수 없어!
콧구멍!
퍽
퍽

퍽
주둥이도…!
퍽

캐액!
어쭈?
가만 안 있어?

이렇게 쑤셔 넣으면
균형 기관이 찢어져서
절대 못 일어나!

커헉…

근데 말이야, 난 왜
이것들만 보면 우리 집
꼰대가 생각나지?

그야 당연하지!
닮았으니까!
덩치만 컸지, 겁은
더럽게 많아서…

누가 때려도 그냥
가만히 얻어맞을
뿐이고…
퍽
퍽

종일
땅이나 파먹고,
무능한 주제에
시끄럽지,
냄새나지…
퍽
퍽

틈만 나면
여자나 밝히는
한심한…
퍽
퍽

쓰레기…
퍽
퍽
쓰레기…
퍽
퍽
퍽
쓰레기니까!
퍽

퍽
퍽
퍽
퍽

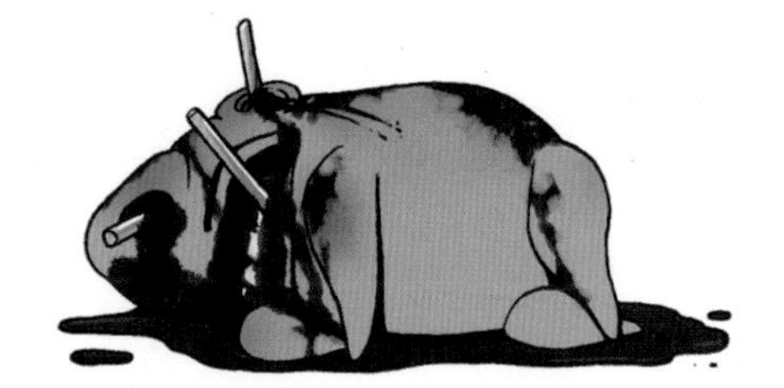

아, 정말 너무 아파요.
나쁜 사람, 더티 플레이어!

저 웬만해선 화 안 내거든요.
제가 겸손해서 그렇지. 저 정말 화나면 무섭거든요.

근데 그 사람은 안 되겠어요.

빡

보셨죠? 다시 만나면 바로 이렇게… 응?

인정사정…

응?
……

저… 저기요, 안 빠져서 그러는데 좀 도와주시면 안 될까요?

헉
헉

헉
헉

콰직

콱

투

콰득
콰득
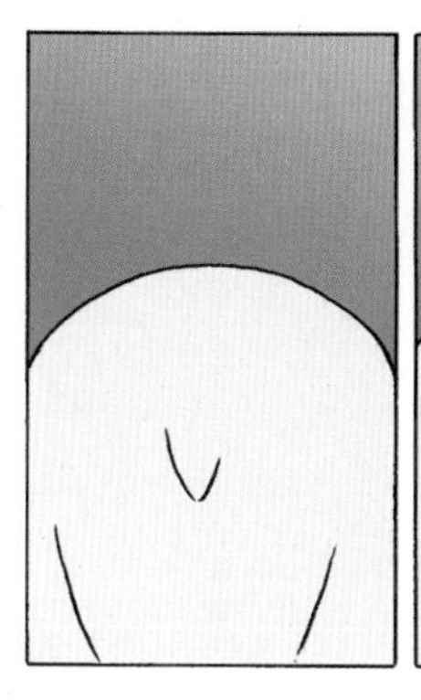
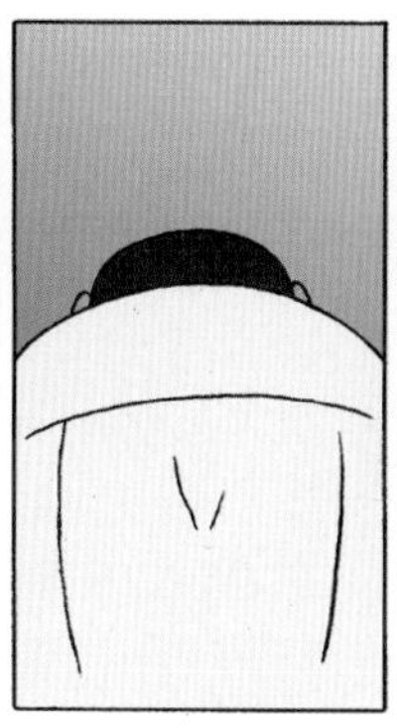

드드드
이런 젠장할…!

무슨 소리야? 장비가 예정보다 이틀이나 먼저 도착했잖아!

이틀이나 먼저라니?
그렇게 해달라고 떼쓸 때는 언제고?

말했잖아! 변수가 생겨서 며칠간 사냥이 힘들다고!
그건 당신들 사정이고!

장비 대여료는 오늘부터 계산 들어가니까 그렇게 아시고
행운을 빌어! 그럼…

이봐! 이봐!
OFF
제기랄!

페로몬 앰플 추적은?
택배선을 계속 쫓고 있습니다만…

죽 쒀서 개 준다더니…
이 상태로라면 죽도록 사냥해서 대여료 메꾸기 바쁘겠군!

……

할 수 없다! 잡아놓은 피기어 암컷들 가져와.
네?

피 같은 돈이 눈앞에서 날아가버리는 걸
가만히 앉아 보고만 있을 수는 없어!

페로몬 농축액만큼의 효과는 없겠지만
최소한 장비 대여료는 빠질 거야.

앰플 회수 때까지 급한 대로 암컷들의 피로 그것들을 유인한다.
알려! 사냥 시작됐다고!

OUT
여전히… 마리오 씨와는 연결이 안 돼.
대체 어딨담?
OUT
!

헉! 여… 여기는?
오물 오물

투둑
투두둑

이잇…

콱

퍽
저리 꺼져!

이 역겨운 돼지들아!
타닥

제기랄! 저것들이 날 어디로 데려온 거야?

톡톡
하! 천만다행…
IN
네트워크 연결이 된다!

!
CALL
이봐, 탄자! 나 좀 데리러 와줘!
마리오 씨…! 대체 어떻게 된 거야?

이게 다 그 얼뜨기 집사 놈 때문이야.
그 자식이 나 몰래 실비아를 숲에 풀어줬어!

내 뒤통수를 친 앙갚음을 해줬지.
실비아를 내게 처음 분양했던 동물보호 연구… 그 계집애와 짜고 날 물먹였거든!

난 숲을 헤매다
불쾌한 돼지들에게
둘러싸였어.
그리고 지금
엉뚱한 곳에서
깨어난 거야.

숲이 너무 깊어서
내비게이션 연결로는
혼자서 못 움직이겠어.
그러니…
흠…
그것들에게 둘러싸인 건
당신 몸에 배인 실비아의
체취 때문이었겠군.

마리오 당신을
암컷, 피기어 퀸으로
착각한 거야.
그래서 수컷들이
당신에게…

혹시 주변에
피기어들이
뱉어놓은
붉은 경단 같은
구토물 더미가
있나?

웬걸! 방금 내 앞에서
한 무더기를 뱉어놨어!
제기랄! 실비아가
저런 걸 먹는다니…
정말 짜증 나!

빨리 와줘!
숲은 무섭다고!
알았어! 곧 갈게!
네트 연결 유지해.
숲이 무섭긴…
피기어 암컷을
여자로 대하는
네가 더 무서워,
이 변태 영감아!

마리오 영감이
사냥이 끝난 뒤 우리가
찾을 예정이었던
피기어의 하렘에 지금
먼저 가 있다!
탄자 님,
일부 멤버는 이미
사냥 준비를 끝냈는데
어쩔까요?

베테랑들은
나와 같이 하렘
수색에 나선다!
나머지는
사냥 개시 신호가
있을 때까지
대기하도록!

좋아, 변태
덕분에 시간을 단축할
수 있겠어!
수컷 피기어 포획
보다 더 중요한 이번
사냥의 목표…

실비아!
실비아!

획
획

실비아!
!

앰플 회수팀! 지금 어디쯤 계세요?
자네 내비게이션에 연결할게.
네!

기다려요. 더티 플레이어!

지금…
만나러 갑니다.

됐어!

일정에 문제 생겨 이거… 수취인 부재 항목에 집어넣어.

팟
저기요. 쿵 아저씨!
보고 싶다고 아무 때나 전화하지 마세요. 나 쉬운 남자 아님.

마리오 씨… 찾았어요!
ZZZ…
칙
칙

타다닥

응? 영감의 네트 연결이 또 끊겼다.

어쩌죠?
상관없어! 어차피 하렘의 위치 기록은 남아 있으니까!
팍
팍

새 달링이 내 도움을 필요로 하고 있으니…

틀림없이 마리오 씨를 숨겨놨을 거야.
본, 너는 그 영감을 찾아!
응!

……
Z…
툭

ZZ…
ZZZ…

!

번쩍

흥! 수취인을 볼모로 날 부려먹겠다?
그건 곤란하지. 난 일과 사랑을 구분할 줄 아는 남자거든.

여기요!
!

뭐야, 밤새 숲을 헤맨 거야? 초췌하니 더욱 아름다운걸. 뮤이 씨, 날 침대로 써!
정신이 번쩍 드네요.

팍
뮤이야!
어때?
저 녀석 깨려면 한나절 이상은 걸릴 것 같아.

참, 밀렵꾼들 외부 장비가 출입국 관리소를 통과했대.
뭐? 그게 지금 어디에 있는데?

다시 한 번 말하지만 우리 거래는 딱 1시간이야.
1시간 동안 뮤이 씨를 도운 뒤, 난 마리오 씨를 만나 물건을 전하는 거야.

만약에 1시간이 지나도 이번 일이 끝나지 않는다면…
우리 사랑은 바로 끝인 거야. 무슨 말인지 알겠지?

아, 알았으니까 엉덩이 좀 뒤로 그만 빼요! 불쾌해!
회사 규정이라…
말도 안 돼! 바로 쏴버릴 거야!
아, 아닌가?

탁

따뜻하군.
하렘이 이 근처라는 증거!

저… 탄자 님!

흐흐흐…
암컷들이 한창 식사 중이었구먼!

그래, 저 정도 수라면 몇 마리 희생시켜도 전혀 아깝지 않겠어!
대기 중인 사냥팀에 알려!

준비한 암컷들 멱을 따서 그 피로 수컷들을…
!

뭐 해?
처음 봐? 정신 차려!

아, 탄자 님… 매번 볼 때마다 느끼는 거지만
누구라도 저것들 곁에 있으면 마리오 영감처럼 될 것 같다니까요.

쓸데없는 감상에 빠지지 말고 집에 있는 처자식을 생각해!

저건 그저 우리 밥벌이가 되는 사냥감일 뿐이라고!

크흑! 뭐야?
냄새…

!

……
그러니까
날보고 저 수송선을
박살내달라고?

그렇게까지
노골적으로 얘기하진
않았는데요.
결국
그 얘기잖아!

제 얘긴 저들이
이번 사냥을 포기하도록
장비들을 완전히 무력화
시키는 편이…
일 터지면 뒤로
빠지는 정치 실세처럼
얘기하지 마!

나 참!
어이가 없어서…
이건 뭐 다짜고짜…
뮤이 씨, 사랑하면
다 되는 줄 알아? 나더러
저걸 책임져달라니…
그럼 그럴 만하게

우리 관계를
더 발전시켜
보든가…
오빠!
닥쳐!
!
어? 그
빨간 쿵 놈…
!

언제 이곳으로
기어 들어온 거지?
당장 모두에게
알려서…

아니야! 소란
피우다가 괜한
인명 피해만
생길 거야.
옛썰!
훈이에게
알려! 쿵은
쿵에게!

네?

오케이!
예정보다 일찍
보겠네요.

탄자 님이
사냥 개시
하랍니다!

좋아!
암컷들 끌고
나와!

아, 어서
마리오 씨…
어?
보세요! 피기어
암컷들이에요.
!

……
마… 말도 안 돼!
저것들이 암컷?
전혀 다른 종
같은데? 사람…
여자에 가까워.
게다가…

너무
예쁘고 아름답죠!
저희 연구회가 생긴
이유이기도 해요.
시인이었던 저희
동아리 선배가 이런
묘사를 했었어요.

신이
피기어 암컷을
만든 뒤,
그걸
자랑하려고

이 우주를
창조했다…

……

그래, 자네 말대로 훈이가 도착할 때까지 잠시 기다리지.
탄자 님, 그럼 굳이 암컷들 피가 필요할까요?

저것들이 앰플을 어디에 숨겨놨을지 모르니 어쩔 수 없어.
회수 때까지 기다리다간 손실이 너무 커져!

계획대로 진행해!
앰플 회수되면 계집애랑 택배 기사 바로 처리하고!

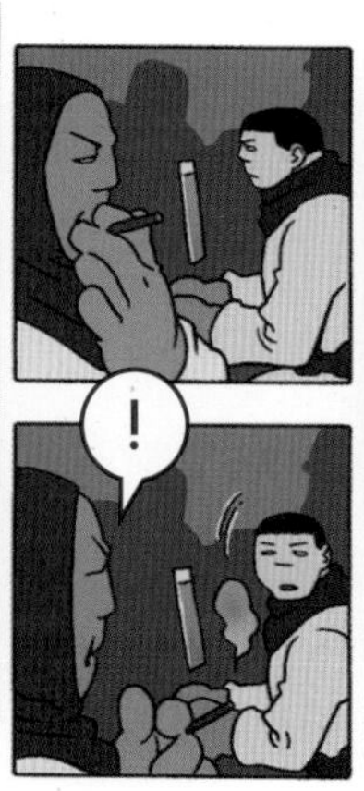
!

저기요, 이러다 1시간 채우겠어요.

한 마리씩 끌고 와!

저기다 거꾸로 매달고 피는 받아서…
!
!
서… 설마…

안 돼!

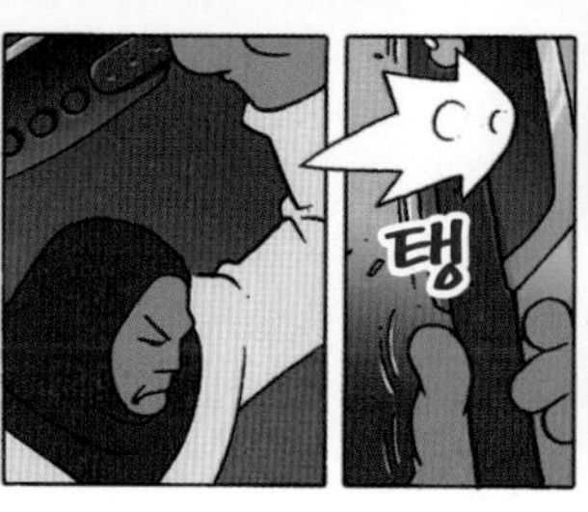
탱

그만둬!
지금 당장 그 피기어들 풀어줘요!

네 녀석이
농축액만 빼돌리지
않았어도 이럴 일
없었어!
타닥
어쩔 수 없어!
이렇게라도 우린
사냥을 시작해야
돼!

……

쓰윽

당신들이
찾는 거예요.
우선 그
암컷들을…

투학

농축액 맞습니다.
양도 충분하고요.
그래?

그럼 암컷들은
그냥 놔두지.
대신…
철컥

잠깐!

내 배달
물건에다 손댄
그 아가씨한테
저도요!
!

잠시 할
말이 있어서
말이야.

쿵 아저씨!

좀 미안한데
말이야,
피기어 암컷을
치기 전보다
마음이 한결
가벼워.

먼저 가 계셔!
피기어들 잔뜩
보내줄 테니까!
투학

좌악
꺄아아…
뭐… 뭐예요?
아, 진짜로 쏘면 어떡해요? 미쳤어요?
우리가 사람 잡으러 왔어요?
그렇게 쏘고 싶으면
이 사람을…
노… 농담이에요! 농담!
지금 이러시는 거… 탄자 님께 몽땅 일러바칠 거예요!
탄자 님 지시야.
……
!
칙
칙
으윽…
털썩
ZZZ…
!
뭐야, 제트 군!
얼굴에 뭘 묻힌 거야?
이리 와! 내가 핥아줄게.
아저씨!
으흐…
쿵 아저씨!
!

할짝
우왓! 뭐야?
여긴…
꺄악!

저도 어딘지
모르겠어요!
농축액으로
우릴 잠재운 뒤

자동 운전 모드로
아저씨 바이크 배터리가
바닥이 날 때까지
온 것 같아요.
어느 지방 소도시의
재래시장 한복판?

아, 냄새나!
꺼져! 콧구멍!
퍽
제기랄!
그 살쾡이 닮은
빌어먹을 쿵 자식!
비겁하게 뒤에서
갑자기…

무슨 소리예요?
그 사람이 우릴
살렸다고요!
뭐? 그놈이?

좋아! 살쾡이!
넌 죽었어!
팡
이봐, 내 말
듣고 있는 거야?

팟
!
앙! 앙앙앙!
앙앙앙 앙!

시끄러! 나 방금
깼거든!
앙앙앙!

우우웅
이거… 나 몰래
빼돌린 농축액!
뮤이 씨가 책임지고
마리오 씨께 해명해!

뭐?
마리오 씨를
찾았다고?

훌륭해,
곰탱이!
바이크 좀
충전해줘.
바로 갈게!

어차피 밀렵꾼들에게 넘기려는 물건이었으니 별 탈 없을 거예요.
… 같은 소리 하고 있네! 회사로 고객 항의만 들어와봐. 확 그냥…

그나저나 피기어 수컷들 말이야.
이제 보니 덩치만 컸지 완전히…
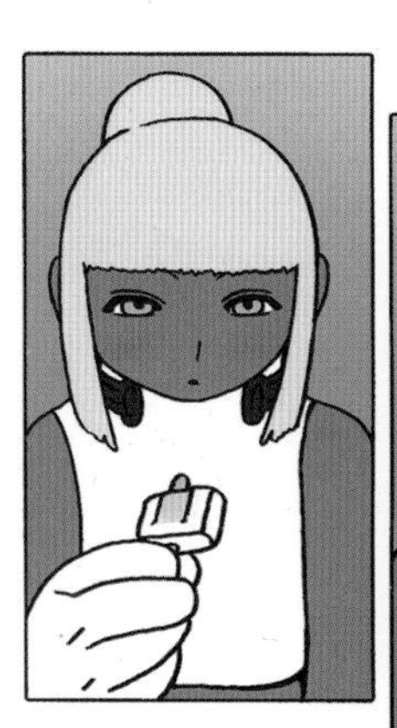

루저!
잉여,
겁쟁이,
쓰레기…
이 행성에선 그것들을 피기어에 비유해요.

최하층 노동 계급들이 자조 섞인 표현으로 자신들을 그렇게 부르기도 하죠.
피기어…

하루 종일 땅이나 파먹는 우둔한 돼지…

콰득
콰득

실은 먹는 게 아니라 걸러내는 작업이에요.
콰직

투둑

종일 걸러낸 경단 모양의 퇴적물은 암컷들의 먹이가 되죠.

암컷을 위해 종일 일하는 셈이에요.
콰직

매 순간 일어나는 영역 싸움에선 소리가 큰 놈이 이기는데
녀석들이 내는 소음과 냄새,

그리고 저항할 줄 모르는 무력한 습성은 늘 잔혹한 도살로 이어지죠.
이 행성에서 그건 단순한 오락거리에 지나지 않거든요.

아, 그럼 아까 도로 위에 널브러진 사체들이?
그건 오염 때문에…

영역 싸움에서 밀려난 수컷들이 산업화로 줄어드는 숲 밖으로 나와
산업 폐기물에 노출된 결과예요.

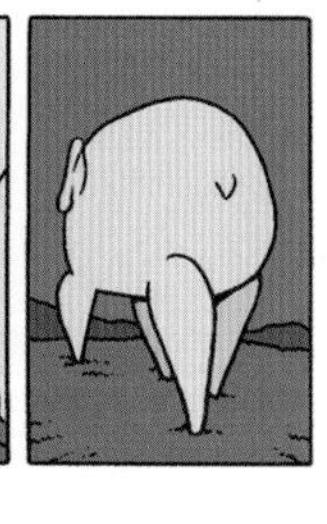

암컷 1마리당 수컷 50여 마리라는 성 비율은 경쟁에서 밀린 수컷들에게
끊임없이 새로운 암컷을 찾아 헤매게 합니다.

거기다 아름다운 암컷들을 자신의 노리개로 삼으려는 외행성인들까지…
내 사랑, 실비아…

그러한 세태는 피기어에 대한 편견을 더욱 가중시켰죠.
으윽… 소름 끼쳐!

고기 맛도 좋지 않아 잉여 생명체라고까지 불리는 녀석들이 뜻밖에도 외행성에선 인기가 높아요.
흠! 최고!

타 행성에선 살지 못하는 피기어의 특성상 축산부의 통솔하에 적량 수출하고 있었는데

최근 왕국의 정치 공백 상황을 이용해
크게 한탕 하려는 밀렵꾼들이 각지에서 몰려든 거랍니다.

팟
그래, 충전 끝났어?
앙 앙앙 아앙!

뭐? 날 찾으려고 다른 아바타들을 추가로 내보냈는데…
파르륵
지금 피기어 사냥 모습들이 화면에 잡혔다고? 어디…

……
맙소사…

워! 워!
좌악

퍽
퍽
퍽

푸하하하…
투학
저 겁쟁이들
좀 봐!
투학

퍽
퍽
퍽
큭큭큭…
발정 난 멍청이들의
최후로군!
투학
투학
이것들
도망치다 서로 부딪혀
쓰러지고 있어.

츠즈즈즈

이건
사냥이 아니라
학살…
아… 안 돼!
벌떡

뭐야? 혼자서
뭘 어쩌게?
이… 이거 놔요!
나 때문에…

그래서?
지금
당장 몇 마리
구한다고 문제가
해결돼?

그리고
이거 잊었어?
마리오 씨 앞에서
해명해야지! 내 사랑을
시험하지 마!

아, 밀렵꾼들도
먹고살아야지!
피기어는 암컷만
보호하면 되겠더만!

그래… 실컷
질러라.

그것 보세요.
별 탈 없이 사냥이
순조롭잖아요.
닥치고
빨리 이곳으로
넘어오기나 해!

하여간 훈이 너…
그 계집애랑 콩 놈 때문에
우리 일에 차질만 생겨봐.
아이본 님께
책임을 묻겠어!
네…
하렘
포위망은?

네, 거의 다
됐습니다.
하렘의 규모가
예상보다 훨씬 더
큰데요.

그래야지! 들어간
시간과 돈이 얼만데…
이번에 확실하게
한밑천 땡기자고!

턱
슝

마지막 방전 트랩이랑
카메라 올렸어요.
어?

여기
또 있네.
크르르…

푸흐흐…
떨고 있는 것
좀 봐.
하여간
쓸모도 없는
것들이

하렘
곳곳을 지키고
있었구먼.
투학

퍽
퍽

나 참…
이 행성 짐승들
중에 이렇게 무력한
놈들이 또 있을까?

촤악

!

어?
이 사람은…
뭔데?

마리오 씨…!
ZZZ…
마리오 씨를
찾았어요!

마리오 영감을?
그래, 포위망 지키는
동안 데리고 있어.
아, 그리고
훈이가 도착하면
공간 트랩
짜라고 해.

자, 모두들
부스터건 출력을
최소한으로!
암컷들
몸 상하지 않게
해야 하니까!

틱
틱

!
틱

이제 5개조로
나뉘어서 하렘으로
들어간다.
목표는 암컷들의
보금자리!

투학
투학
……

앙 앙앙!

여기!
곰탱아!

뭐야, 저것들은
언제 와서…

이봐!

진정해!
해칠 생각은
없으니까!
철컥
난 마리오 씨께
이 물건만 전달하면
된다고!

저…
저 녀석…
……
어?

뭐예요?
당신들 여기 있으면
어떡해?
!

탄자 님께서
아시면…
여어, 살쾡이!
너한테 되돌려줄 게
있는데…

턱
?

빡

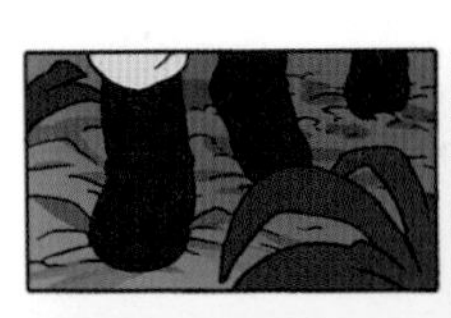

암컷들이
어디로…

젠장! 역시
출력 조정이
안 돼…
티
티

파
앗

투
학
우왓!

뭐… 뭐야?
……

이… 이런!
죽은 거야?

제기랄!
하필이면…
키리리리리…

키리리리리…

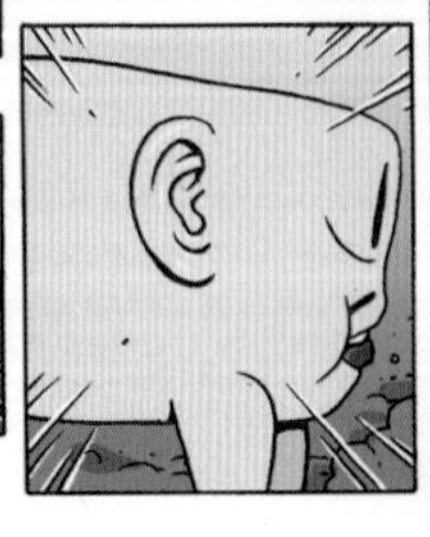

끼웨에에에…

콱
이 비겁한 자식…
아, 그만들 좀 하세요!
퍽
넌 나한테 완전 뒈졌어!
팍
퍽
뭐 이런 이가 다 있어?
콱
누가요…
크흑!
키리리리리…
끼웨에에에…
!
키리리리리…
아, 시끄러! 이게 무슨 소리야?
끼웨에에에…
키리리리리…
서… 설마…
웃차!
흔적을 보니 이 근처야!
끼웨에에에…
키리리리리…
!
아… 안 돼! 이런 빌어먹을!

끼웨에에에…

끼웨에에에…

끼웨에에에…
끼웨에에에…
이히!
투학

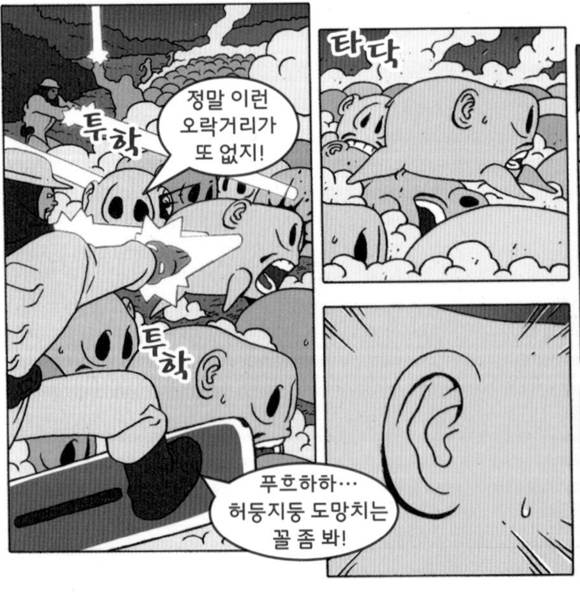
투학
정말 이런 오락거리가 또 없지!
투학
타닥
푸흐하하… 허둥지둥 도망치는 꼴 좀 봐!

멈칫
멈칫

?

……
……

뭐야?
왜 갑자기
멈춰 서고
그래?
투학
투학

퍼벅

털썩

……
이…
이것들이…

움직여! 어서
도망치라구! 그게
너희 특기잖아!

*#%$&!!!
훠

도대체 어떤
멍청이가!
빠득

뭔데?
대체 뭔
일이야?
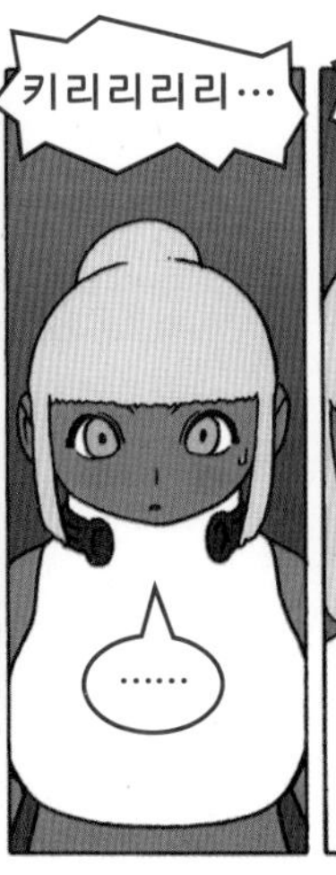
키리리리리…
……

끼웨에에에에…
금기…

누군가…
금기를
깨뜨렸어요.

금기라니?

……

불쾌한 생김새…

냄새나고 시끄러워
발로 걷어차거나
팍

종일
땅이나 파먹는
무료한 생존에

문득 화가 나
돌멩이를 집어 던지는
일은 있더라도
퍽

결코 해선
안 될 일!

아, 알았다!

페로몬 약발이
다 떨어진 거지, 뭐!
수송팀!
농축액 나머지를
전부 분사해줘!

쉬이이익

스윽

됐어! 이제
아까처럼…
철컥
자, 달려들어
봐!

휙

아니, 저것들이…
콧구멍이 막혔나?
어딜 가?
너희를 자극하는 건
정반대 방향이라고!
그쪽이
아니라니까!
에잇! 빌어먹을!
투학
투학
퍽
퍽
털썩
탓
타닥
타다닥
토… 통제권에서
벗어난다!
쫓아!
닥치는 대로
쏴버려!
……
암컷의 체취를
발견하면
흡사 불 속에라도
뛰어들 기세로
달려들다가도
정작 겁이 나서
암컷을 노리개로
빼앗기는 무력함,
그 와중에 암컷이 죽게 돼도
꼼짝 못 하는 그 나약하고
비겁한 습성…

그렇게 그 존재 자체가
짜증이 나,

무자비한 살육의
타깃으로 삼게
되더라도

결코 해선
안 되는…

퍽
퍽
퍽

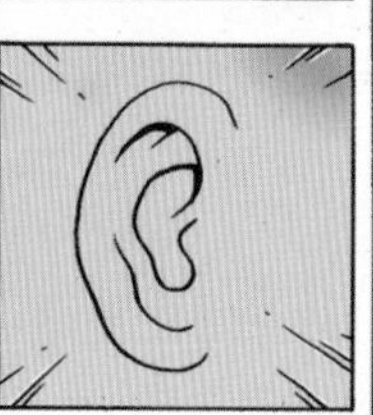

벌떡
퍽
퍽

뭐야?
어딜 가?
절뚝

아직 안
끝났어!

크르르…

퍽
퍽
허세는!
이 자리가 네
무덤…

콰직

으아악!
두… 둘로
나뉘었어!
절뚝

절뚝

크르르…!
턱

빠각

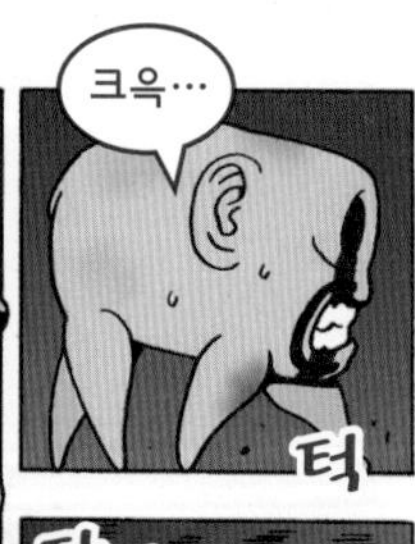
크윽…
턱

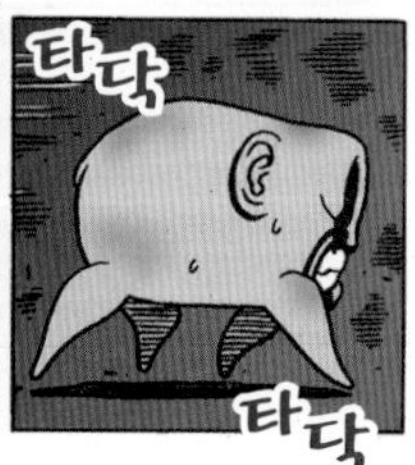
타닥
타닥

키리리리리…
어서 탄자 님께…
젠장! 그럼 나부터 쏘고 해!
너라면 날 살려두겠어?
제기랄! 하필이면…
하필이면…
결코 해선 안 될 일!
절대로…
어린 새끼만큼은…
건드리지 말 것!
끼웨에에에에…
드 드 드 드

투학
투학

젠장!
퍽
퍽
벌써 근처의 수컷들이 하나둘 몰려들고 있어.
털썩

탄자 님!
역시 이것들…
숲 쪽으로…
투학

퍽
퍽

무리하지 마! 어차피 통제 안 돼.
그보다 수송선을 즉시 이쪽으로…

콱

팟
OFF
……

훈이 불러!
마리오 씨 데리고 당장 여기로 넘어오라고 해!

천만에! 그렇게는 못 해!
배달 물건을 끝까지 못 지킨 당신 잘못이야! 서명 안 해!

게다가 당신이 저 녀석과 한패가 아니란 걸 어떻게 입증할 건데?

좋아요! 절 믿도록 제 영혼이 담긴 필살의 일격을 이 녀석에게…
……
아, 네…

탄자 님 소집령이에요! 그런 인간 상대하지 마세요!
탁

아, 고객님…

위험해요! 금기가 깨졌으니…
아, 그래서 뭐가 어떻게 되는 건데?

수컷들이 몰려와요.
새끼들에게 위협이 될 만한 건 닥치는 대로 공격할 거예요.

숲에서 암컷과 새끼들의 울음소리가 그칠 때까지…
제 한 몸 지키지도 못하는 것들이?

드드드드

맙소사…
밀렵꾼들이 어떤 결정을 내릴지… 알 것 같아요!

잘잘못 가릴 시간 없다.
현재 수컷들이 사방에서 이리로 몰려들고 있어!

만일 지금 숲을 빠져나간다면 도중에 계속 마주치게 될 거야. 위험해!
다행히 하렘 안에 방법이 있어.

암컷과 새끼들의 울음소리가 수컷들을 계속 폭주하게끔 하지.
현재 수송선에 실린 사냥 물량이면 우리에게 아쉬울 건 없다!

나와 2조는 새끼들이 머무는 암컷의 보금자리를 찾을 테니
나머지는 하렘 안의 암컷들을 샅샅이 찾아내!

숲이 잠잠해질 때까지
암컷과 새끼들… 전부 싹 죽인다!

!

따다닥

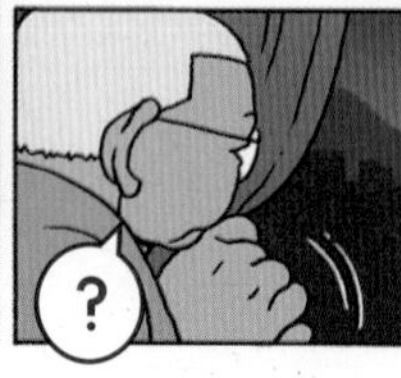
?

빵 빵 빵
아, 그렇게 무작정 들이대면 어떡해?

콱 그냥 기차나 지나가버려라!

드드드드

?

터엉
!

?

퍼억
우와아아앗!

?

무슨…

투학
투학

털
썩

제기랄!
이 예쁜 것들을
쏘려니 가슴이
찢어져.
투학
투학
수컷들한테
허리가 찢기는 것보단
나을 거야!

콰직

!

……
찾았다!

탄자 님, 꼭
이렇게까지…
내가 의형제들을
어떻게 잃었는지
얘기 안 했나?
냉정해져!

웃기고 있네!
저것들이 커서
수염 난 콧구멍이
된다고?
!
타… 탄자 님!
말도 안 돼!
뭐… 뭔데?
저것들은 왜?
철컥
피스!

서명만 받고
뜨겠다고 기어코
저희 뒤를…
무슨
서명?
아!
!

하여간 훈이 너…
아잉~
다… 닥치고 어서
공간 트랩이나 짜!

어느 정도 크기로
할까요?
#%*&@!
……

근데 이 자식이 지금
누구한테 삿대질이야?
턱
야,
구슬 위에 별!
뒈질래?

앙! 앙! 앙!
탁
탁
나 미치도록 바빠!
네 비위 맞춰줄 시간 없다고!
그러니까…

어서 서명하자! 응?
안 그럼 쳐 죽인다!
까득
히익!

꼴깍
하아… 네!
뜻대로 해야죠.

내 허락 없이
회사에 따로 전화하면
우리 또 보는 거다!
그래, 물건
두 손으로 받고…

저… 저런
막돼먹은…
REC
틱
내 가만두지 않아!

드드드드
츠츠츠

투학
투학
투학

새끼들에게서 시선을 돌리려고
멀리 떨어져 있던 암컷들까지 이리로 몰려든다.
난폭해지고 있어.

아, 안 돼! 우리 실비아…
그만둬요!
트랩은?
네, 탄자 님.
이제 제가 열어주지 않으면 누구도 이 공간 트랩을 드나들 수 없어요.
정신 집중! 트랩 크기가 있으니…
됐어. 내가 갈게. 이 밀렵꾼들이 본선에 총질할지도 몰라.
하렘 외곽에 설치된 방전 트랩 안으로 들어와.

우우웅
비켜!
님이나!
훈아, 외부인 셋 다 트랩 밖으로 내보내!
피기어 새끼들 당장 친다!
이봐, 탄자! 난 당신들과 한 팀이잖아!
그리고 암컷들을 쏘면 어떡해? 그러다 우리 실비아…
살쾡이! 신께 감사해라.
다신 서로 마주칠 일 없게 이 우주를 넓게 만드신 걸!
님은…
이번 기회에 감사와 예절을 좀 배워요!
뭐?

크흐윽…
실비아…
이게 다
너 때문이야!
콱
네가 내
사랑을…

고객님,
제 여친께 무슨
볼일이라도?
스윽

뮤이 씨, 가자!
바래다줄게.
여기 있어 봐야
눈앞에서 험한
꼴만…

투학
투학
투학
투학

퍽
키에!
퍽
털썩
키에…

폭주하는 수컷
무리가 이제 곧
도착한다!
어서 한 마리도
남김없이 전부
쓸어버려!

아…
안 돼!

!

아, 난…
난 지금 여기
사냥꾼으로
와 있는 거야!
그래, 훈 !
자기 역할에만
집중하자!

키에!
투학
투학
키에…
키에!
투학

키에…
투학
투학
키에!
키에!
투학

키에!
투학
투학
키에…

뮤이 씨!
가자니까!
안타까워한다고
달라질 게 있어?

열 셀 동안
안 오면
여기다 두고
그냥 가버린다!

하나…
둘…
……
안 돼!
그만둬!

… 여섯!
일곱…

그만…
꺄아아아!
츠즈즈

아, 미안.
나도 모르게
그만…
도와주지
않을 거면 어서
가버려요!

……
그래, 진전 없는
우리 사랑
여기서 끝!
안녕!

투학
투학
투학
털썩

2조는 트랩
외곽에 남고
나머지는
날 따라
안으로!

오케이…
아, 배고파!
제기랄!

팟
이봐,
제트 군!

아,
깜짝이야!
뭐… 뭔데?

드드드드
투학
퍽
투학

야!
살쾡이!

!

투학
투학

뭐야…?
저것들이 트랩
밖으로…
훈아!
퍽
퍽 퍽

뭐? 고객의 소리?
이 미친놈이…
네가 고객이야?
퍽
퍽
퍽
응? 너 땜에
내가 무슨 처벌을
받게 된 줄 알아?

투학

터엉
꺼져!

콰직
방해하지 마!

이놈 쳐 죽이는 거
훼방 놓는 놈은 바로
터뜨려 죽인다!
히익…

빠악

훈이 진짜
화났어!
착
믿고 있는
신이 있다면 지금
기도해요!

당신처럼 막돼먹은
깡패 때문에 사람들이
우리 쿵들에게 편견과
두려움을 갖는 거야!
휙
선량한
내 친구들도 그 때문에
무고하게 살해당했어!

내가 화나면 얼마나
무서운지…
푸득
몸으로
느껴봐!

투학
투학
퍽

!
뭐야?
암컷들이 어떻게
트랩 안으로…

뭐? 빨간 쿵 놈
때문에 공간 트랩이
깨졌다고?
어쩐지…

어설프게
그놈들 싸움판에
끼어들지 말고 암컷과
새끼들, 한 마리라도
더 쏴!
제기랄!
훈이, 이 망할 자식!
내 말 안 듣더니…

하여간
쿵이란 놈들…
가까이 두고
상종할 종자들이
못 된다니까!
어쩔까요,
탄자 님?

어쩌긴!
한 마리라도
더 쏘라니까!
시간이
얼마 없어!

퍽
퍽
퍽

슉
슉
슉
공간의 길이를 왜곡하면…

이런 게 가능하죠!
퍽
퍽
퍽
퍽

과중력!

터
엉

훈이한테 이런 공격 소용없는 거
이미 알고 있잖아요?

아, 그래! 할 수 있는 게 고작 이런 것 뿐이라…

퍽

쿨럭!

크흑…! 그… 그만!

아뇨! 시작은 당신이 했지만
끝은 훈이가 결정해요!

점으로 수렴되는
공간 왜곡…
슈우욱

무슨 일이
일어날까요?

응? 님아!

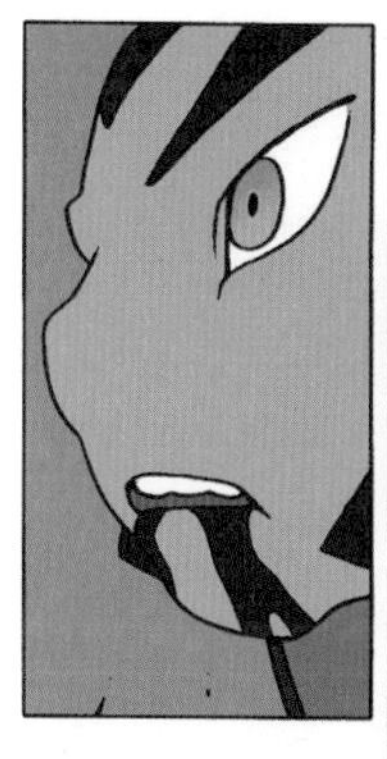

퍼벅

크아아아…

엄살떨지 말아요!
양팔을
부러뜨린 것뿐…

… 이니까 역시
많이 아프겠다.
저
미친 살쾡이
새끼가…

하지만 난
지금 엄청
무서운 상태!

당신이 초래한 일,
무례함을 완전히 뜯어
고쳐주겠어요!
더 이상 가드는
못 올릴 테죠?

자, 큰 소리로
내 말 따라 해요!
퍽
퍽
퍽

다른 쿵들을
위해…
슉
슉
슉
예의 바르게
살겠습니다!

퍽

거기 서!

미
끌
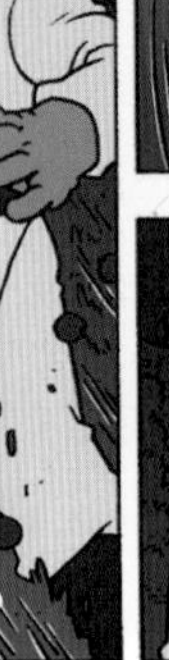
와앗!
촤아악

젠장!

!

앙! 앙앙앙 앙!
……

타
다
닥

……
퍽
퍽
퍽
……

안 들려요!
크게!
슉
슉
슉

!
!

……
퍽
퍽
퍽
……

!
퍽
……
퍽
퍽
……
뭐?
……
퍽
퍽
퍽
……

크… 크게
얘기하라니까요!
아흔… 여덟!
뭐라고요?
무… 무슨
소리야?

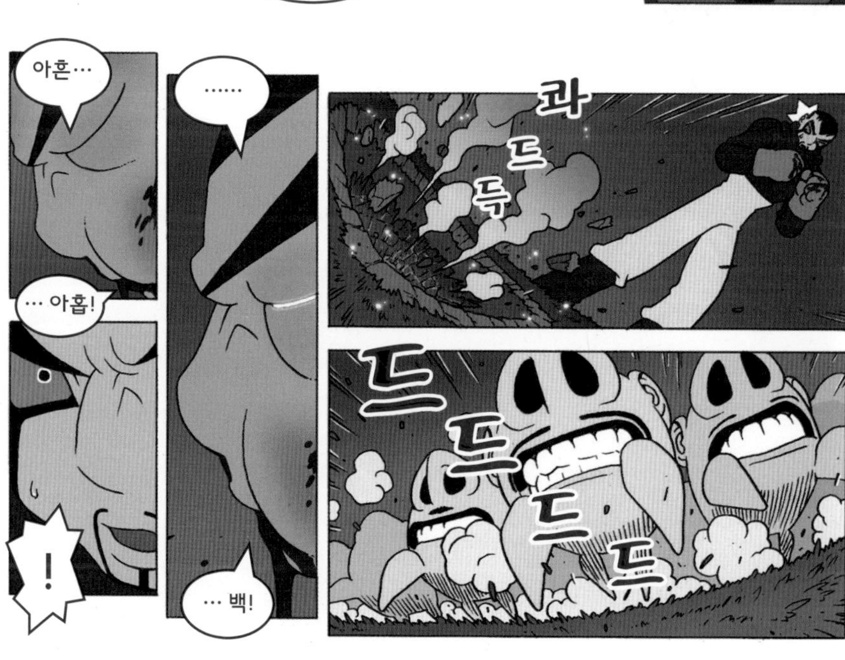
아흔…
… 아홉!
!
……
… 백!
콰
드
득
드
드
드
드

벌써?
이런 제기랄!
트랩!
방전 트랩은?

중력…
더하기야.
공간 왜곡?
그딴 거…
알 게 뭐람?
네가 아무리
중력 좌표를 쳐내도
상관없어.

… 힘 !
압도적인 힘!
그저 몽땅…
집어삼키면 돼!

콰드드득

중력 좌표의 크기를
점점 줄이는 거지.
점으로 수렴되는
중력 좌표…

무슨 일이
일어나게 될까?

응? 님아!

콰지지직

크르르르…

콱

쾅

트… 트랩…
방전 트랩이 뚫렸다!

끼웨에에에에…

퍽
콰직

!
ㅈㅈㅈ

마… 말도 안 돼!
ㅈㅈㅈ

말도 안 돼? 그래, 이 우주는 그런 것들로 가득하지!
대표적인 예로 네 참견 때문에 내가 받게 된 페널티…

팟
!
무슨 짓이야? 미쳤어?

넌 지금 우리가 허락한 자기방어 한계치를 완전히 오버해 버렸어.
어떤 처벌이 가해질지는 잘 알 테지?

오버라니? 지금 내 양팔 부러진 거 안 보여?

어…
어어엇!

저 살쾡이를 단순히 집어삼키는 것만으로는 분이 안 풀려!
부족하다고!

!

그래…
그걸로는 부족해.

타 다 닥

해제!

!
츠으윽

어이, 살쾡이! 생각이 바뀌었다!
내가 지금 얼마나 열 받는지 너도 느끼게 해줄게!
아주 생생히 말이야.

끝났어!
!
뭐?
분이 안 풀려? 이게 정말 정신 못 차리네. 내가 네 친구냐? 지금 누구 앞에서 감히…
너 때문에 실추된 회사 이미지는 네 시간이나 돈으로 갚을 수 있는 게 아니야.

타 다 닥

자… 잠깐! 설마 지금…

됐어! 민폐
그만!
제트 호,
폐기!
타닥
타닥
부웅

팟
멈추세요,
야와 님!
팟
!

뭐죠?
지구부장님들이
이 시간에…

이델 사제님을
출장 보내신 이유를
알게 돼서요.
틱

그게 뭐요?
무슨 문제라도
있나요?
당신들이
참견할 영역이
아닐 텐데…

그럴 리가요!

야와 님,
이 정도면 종단
통제 시스템 전체를
뒤흔들 사안
아닌가요?

별 탈 없이
조용히 끝낼 수 있을
거라 판단하신
근거는?

……
지금
꽤나 무례한 거
알고 계세요?

무례라뇨?
저흰 지금 업무
중인걸요.

이미지들은
어제 감찰국으로
전송했고요.
뭐? 누구
맘대로?

터
엉

그건 감찰국의
답변입니다.

야와 님의 아바타는
감찰국 사찰단이
도착할 때까지
잠시 저희가
맡아둘게요.

당신들… 일을
정말 번거롭게
만드는군.

……

……

앙! 앙앙앙!
앙앙!
앙앙앙!

하아아…

!

휙

이…
이 강아지 새끼…
콰득
반드시
내 손으로…

콱
우왓!
투학

!

즈즈즈
앙 앙앙 앙앙앙!

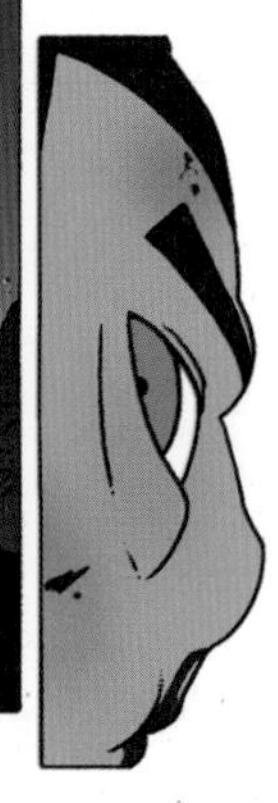

……

$#@*& &^*$%+!!
+*&$#% &%!#!@!!!

드드드드

타닥

아아아…

휴우… 다행히…
뭘 볼 줄 아는 거야?

응급처치 매뉴얼 정도는… 저 수의학과 학생이거든요.
수의학?

짐승들을 다룬다고요.
꺼져!

근데 이게 무슨…?
이봐, 영감! 샤워부터 해!

드
드
드
드

퍽

끼웨에에에…

이거 묘하구먼! 공간 트랩 때문에 우리 주위를 맴돌고만 있어.
새끼들이 눈앞에서 죽어가는 걸…

타… 탄자 님, 이거 괜찮은 건가요?
보면 몰라? 분리된 공간이야! 닥치고 어서 마저 없애!

퍽
끼웨에엑!

퍽
퍽

끄르륵…!
파
박

털썩

끄륵…!

콱

투학
투학

어딜…
척
탓

훠
퍽

뭐… 뭐야?
공간 트랩이…

또 깨진 거냐?
퍽

그… 그럴 리가요!
저 지금 온몸에
땀나도록 집중하고
있는걸요.

파바
!
쏙

마… 맙소사!

퍽
투학
올라오는 대로 싸버려!

콱
크악!
이… 이런! 어느새 여기저기서…

훈아! 트랩을 좁혀!
투학
투학

츠즈즈

……

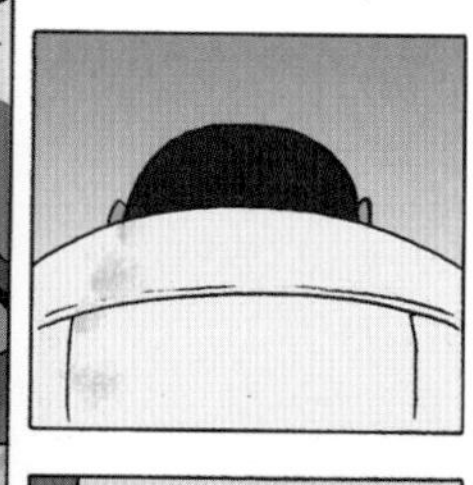

파바박

덜컹
덜컹

……
수컷 피기어들을 보고 있노라면…

파앗

끼웨에에에…

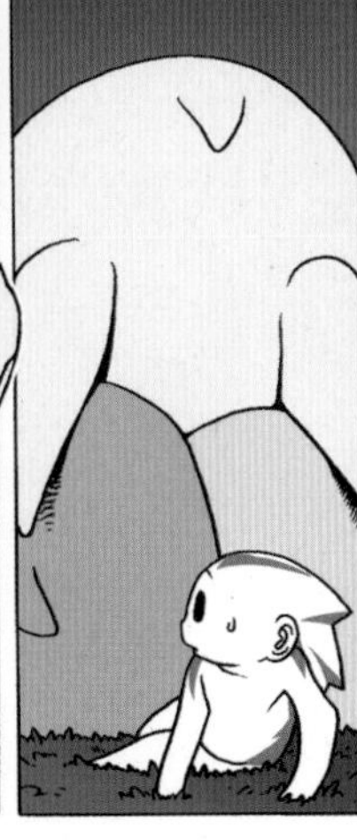

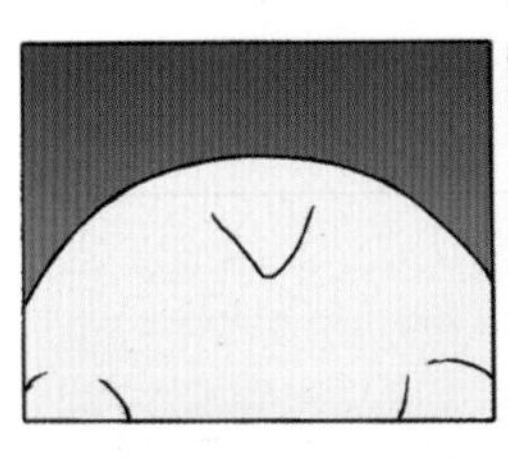

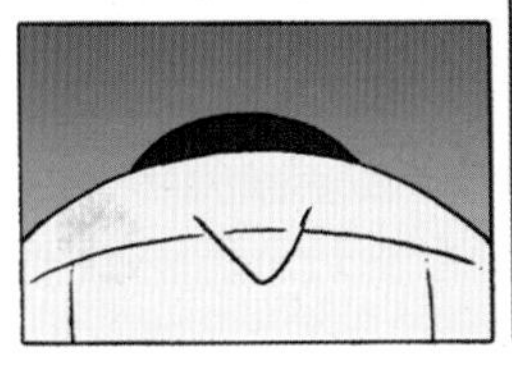

무력했던…
덜컹
덜컹

한 남자가
떠올라요.
덜컹
덜컹
덜컹
덜컹

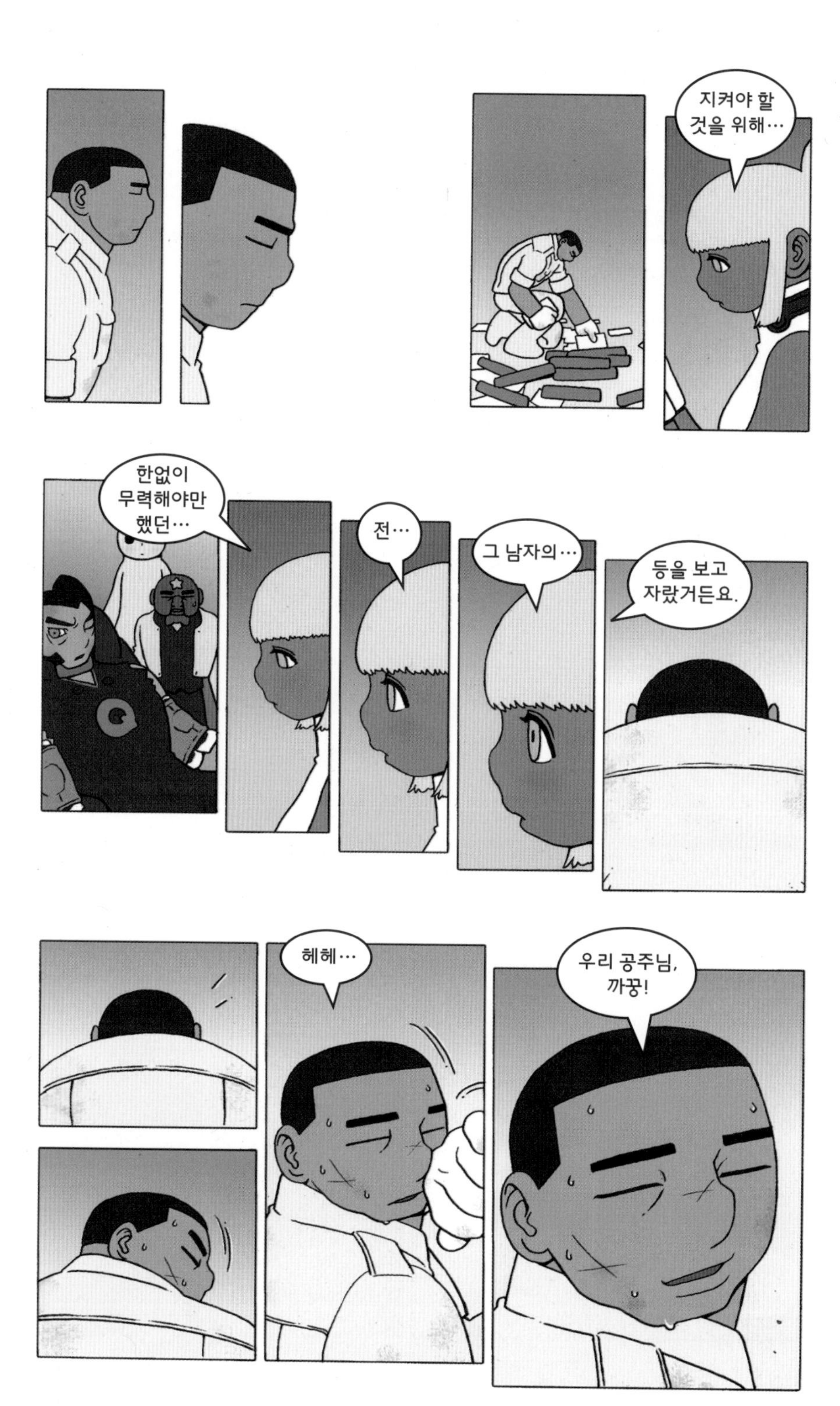
지켜야 할
것을 위해…
한없이
무력해야만
했던…
전…
그 남자의…
등을 보고
자랐거든요.
헤헤…
우리 공주님,
까꿍!

끼웨에에에…

우… 우왓!
투학
투학

퍽
퍽

!
콱

털썩

맙소사…

새끼 한 마리 지키겠다고 이렇게나 달려든 거야?
탁
탁
젠장! 부스터건이 너무 과열됐나?

콰악
와앗!

투학
빌어먹을! 사방에서…

저것들이 트랩을 쫓아 더 안쪽으로 땅을 파고 있어!
이건 오히려 우리가 갇힌 꼴!
염병! 순식간에 이 무슨…

츠즈즈
!

탈출이다!
수송선은 어서 우릴 끌어 올려!
타… 탄자 님, 전…
넌 우리가 무사히 배에 탈 때까지 트랩을 지켜야지!
네!
……
숲이라 날이 어두워지니까… 무서워요.
네가 더 무서워!

그렇게…
아, 뮤이 씨! 혼자서 뭐래? 당신 아버지 등짝 같은 거 알고 싶지 않아!
저기요, 저 이제 막 감정선에 접어들…
배고파!
밥 줘!
……

우리 아빠 등이 얼마나 넓은 줄 알아요?
너 또 해동해서 꺼내면 등짝에 불날 줄 알아!
츠즈즈즈
!
뭐… 뭐야!
저… 저것들이…

우와아아앗!
사체를
발판으로…!
팍
팍
팍
투
학
투
학
콱
크아아악!
안 돼! 저것들이
수송선 안으로
들어가는 걸 막아!
팍
콱

츠
츠
츠
츠

!

안 돼! 거기
추락하면…
시… 실비아!

콰 앙

!
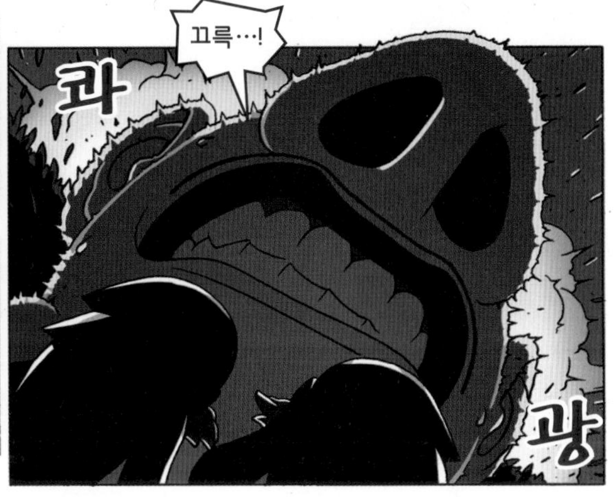
꼬륵…!
콰
광

후욱…
후우욱…

주르륵

털썩

!

꿀꿀…!

끄르르…

……

절뚝
후윽!
후윽!

끼웨에에에에에…

마침.

A.E.

우우우웅

멍청이들, 새끼를
건드렸구먼!

모두…
불 안 번지게
불도저가 지나간 외곽의
잔가지들 쳐내!

퍽
퍽

퍽

아닌 밤중에
홍두깨라더니
이게 무슨…
아고고…
허리야!
퍽
퍽

어째… 우리 둘
일하는 거 말이야.
저 신입보다도
못하는 것 같아.

힘이 넘치는구먼.
지치지도 않아!
저 친구,
프로 선수
출신이래.

부상 때문에 진로를
바꿨다던가?
프로 선수?
무슨?

아, 거기까진
모르겠어.
방재국 인사 담당이
지나가며 한 소리를
주워들은 거라…

하체를 보면
축구 선수였을 것
같기도 하고…

힘쓰는 걸
보면 씨름…

!

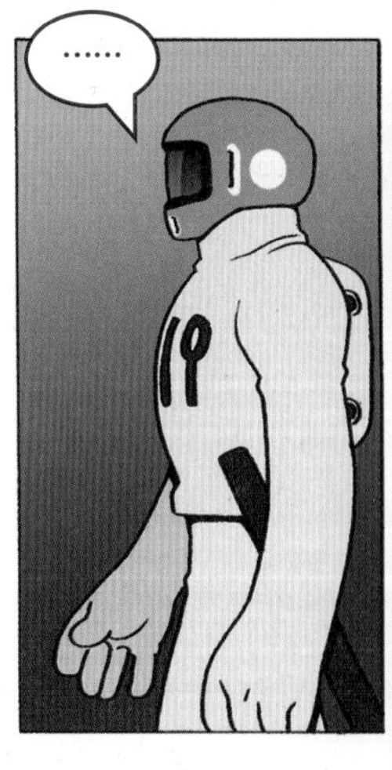
……

응?
뭐야,
저건?

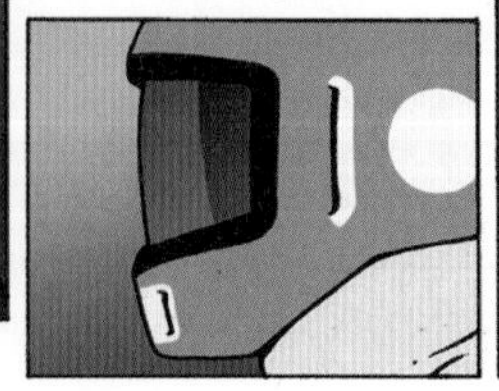

……
아…

A.E.

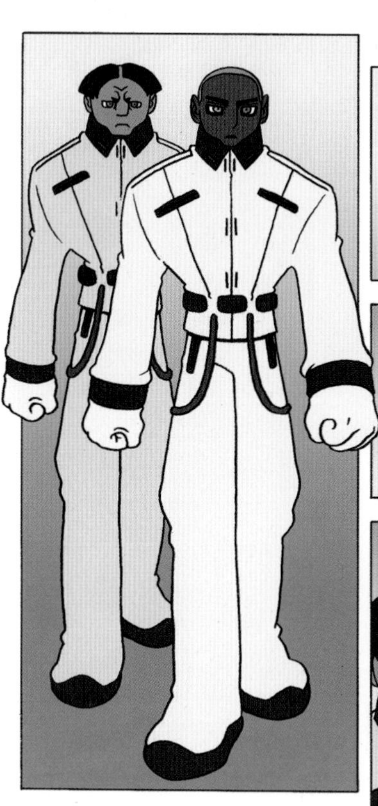

오른쪽!

에이, 왼쪽 애지! 걔가 훨씬 귀엽다고 까만 생머리에…
야, 긴 생머리는 머리빨이야.

됐다. 여자 보는 눈도 없는 만년 솔로랑 무슨 얘기를…
매번 바람맞는 놈한테 들을 소리는 아닌 듯.

E.D.66
팅

어서 오세요.

어이쿠…
이런 실례를…
저희가 메시지를 잘못 전달한 것 같네요.
아니에요, 저희 부장님들이
워낙 업무에 충실하셔서…

감찰국은 야와 님의 판단을 존중하고 있습니다.
다만 만일의 경우를 대비하라는 부장들의 지시가 있어서…

임무가 끝나고 나면 따로 인사는 못 드릴 것 같네요. 그럼 이만…

감찰관!

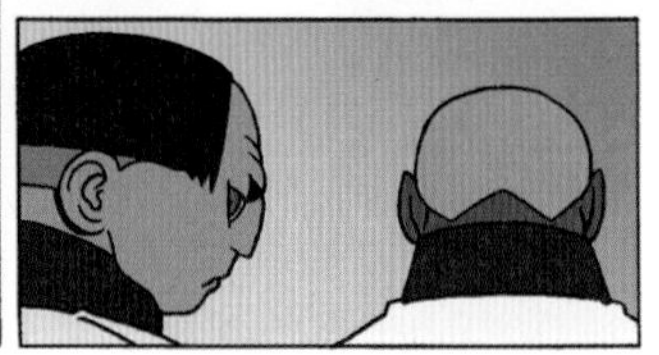

누군가가 자신의 본체에 접근한다는 게
얼마나 불쾌한지 알아요?
저희 같은 일반 퀑이 알 턱이 있나요.
하이퍼들의 복잡한 심경을…
……

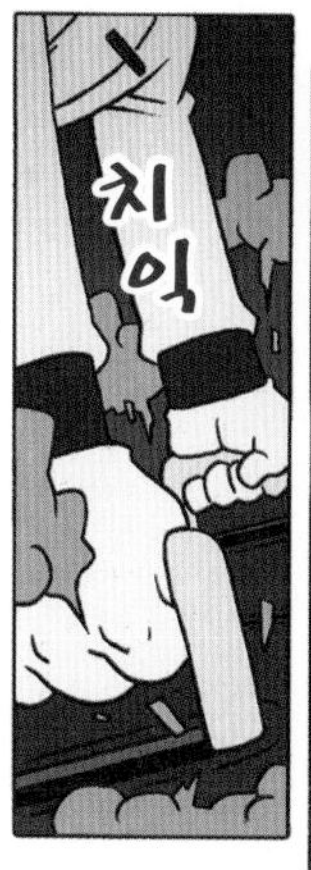
치익

제기랄! 우리가 방금 뭘 지나온 거냐?
놀이 시설… 같은 게 아니었을까?

잠시 기다려.
본체가 있는 내부와의 기압 차가 사라지면 문이 열릴 거야.

왼쪽!
포니테일은 머리빨 끝판왕, 반칙!

A.E.

복수!

복수?

펜타곤 그놈들은 날 잡으려다 내 여자를 노예시장에 팔아버린 놈들이야!
지금 내가 이 꼴인 것도 결국…

$%#*&@*#…
……

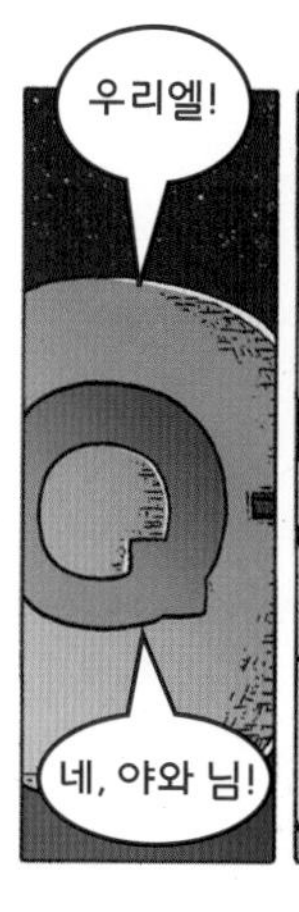
우리엘!
네, 야와 님!

혹시 우리한테 펜타곤이라는 사보이들… 자료가 있을까?

……
!
네, 작년 헌팅 목록에…

어디 보자. 다섯 중 셋이 콩, 근데 뭐야? 이 콩 놈들…
왜 전부 가면을…?

서로를 경계해 가면으로 각자의 정체를 숨겼대요.
한 팀이지만 서로의 얼굴을 모르는 거죠.
뭔…
그래, 이것들 모두 잡았어?

하나는 작년, 또 하나는 얼마 전에요.
리더인 엘드곤이란 자는 아직…
잡힌 그 두 놈은 어떻게 생겨먹었어?

여기…
어?

즈
즈
즈

뭐?

야와 님이 처벌을 철회하신대.
어서 본부로 복귀해 치료받아.

무슨… 속셈이래?

……

야와 님, 얘 좀 보래요!
아아악! 이 은혜를 어찌할꼬!

그나저나… 정말 내 도움 없이 괜찮으려나?
덴마 군이 걱정이네.

……
그 자식은 왜?

예전 일로 어떤 사보이들에게 복수하겠다고
야와 님께 허락을 받아냈어.

그놈들이 자기 여친을 노예시장에 팔아넘겼다나?
!
이번에 우연히 그중 하나를 붙잡았거든!

놈을 미끼로 나머지 넷도 곧장 치겠다고…
그 사보이들 이름이… 뭐라더라?

아, 그래! 펜타곤!
쿼이 셋이나 된대!

이델 사제가 있다지만 역시 나 없이는 좀 힘들텐데…
……

A.E.

끼익
TAXI

와아아… 정말 으리으리하구나.
후우우…

……
후원?

네, 상처에 바를 소염제가 턱없이 부족해서…

……

내가 자네들 교수님 말씀을 잘못 알아들은 모양이군.

이 행성에 이주해서 아직 짐도 다 못 푼 상태라서 말이야.
이런 생물을 위해 내가 돈을 써야 할 이유가…

!
이건…

암컷입니다.
착

이 행성을 움직이는 귀족들의 반려동물로 인기가 높지요.
입양 회원들끼리 동아리 활동도 활발하고요.

아, 그러니까 교수님께서 말씀하신 내용이 바로…
거의… 여자로군. 게다가 이건 마치…

신이 이 생물을 만든 뒤 그걸 자랑하려고
이 우주를 창조한 느낌이랄까?
워워…
응? 왜들?

수요가
늘 공급을
초과하는 상태!
돈만 가지고는
힘들죠.
특별히 후원자
분들에겐 무상으로
분양해드릴 수…

있지만 별 관심
없으신 것 같으니
이만…

조급함은
젊은이들의
특권!
자, 이리들 오게!
어른들의 대화를
시작하자고!

우흐으윽…

시… 실비…

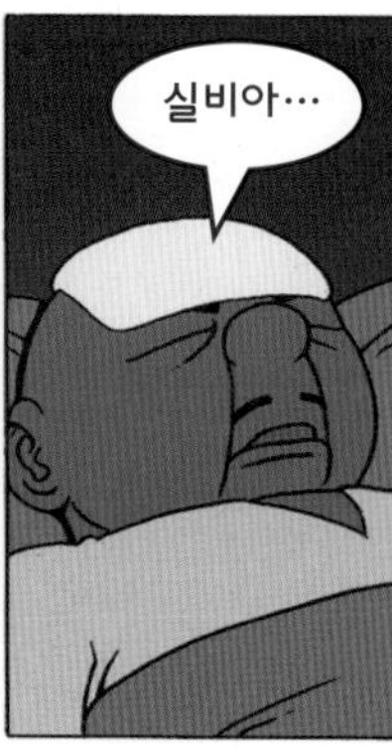
실비아…

내 사랑…
탁

스윽
!

응?

A.E.

꼬르륵

야! 저리 가!

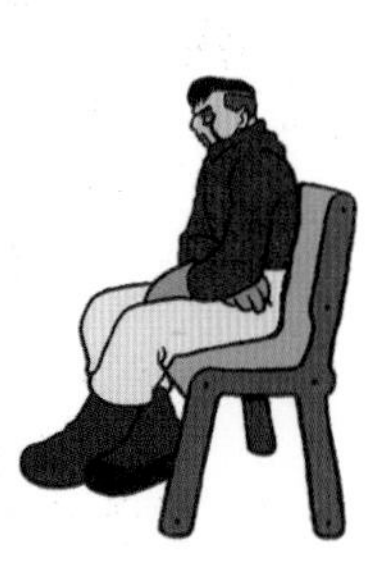

……

아… 아이본 님!
내가 얘기했지? 이번이 마지막이니까 잘해보라고!

탄자 님 일을 그따위로 망쳐놔? 너 때문에 지금 내 신용이…
우리 관계는 끝났어! 앞으로는 네 살 길 네가 찾아!

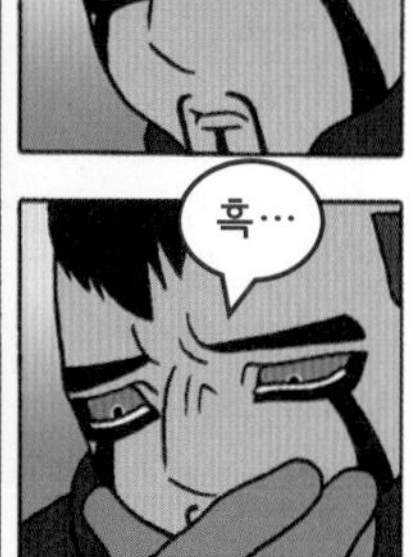
흑…

배고파?
!

응?
냠냠

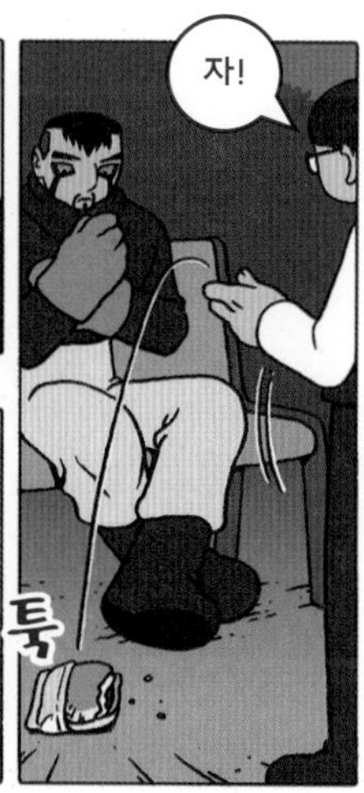
자!
툭

힘내야 한다!

……

덥석

에헴!
!

흠! 흠!

저기 숙녀분께서…

가… 감사합니다.

허겁지겁
냠냠
쩝쩝

너… 너무 맛있네요. 처음 뵙는 분 같은데 친절하시고…
참 고맙고 그러네요.

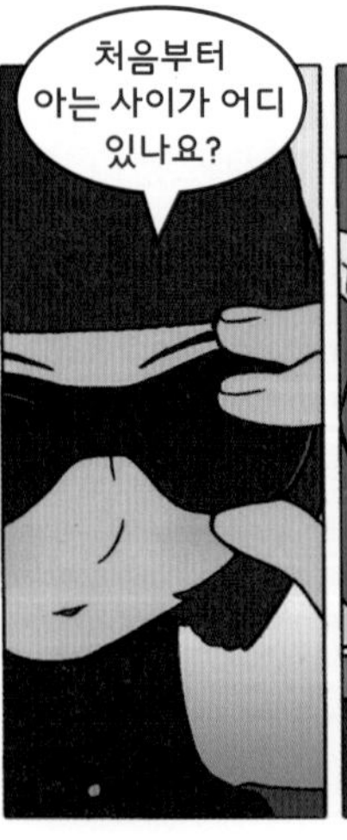
처음부터 아는 사이가 어디 있나요?

천천히 서로 알아가는 거죠.

chapter .14-1

God's lover

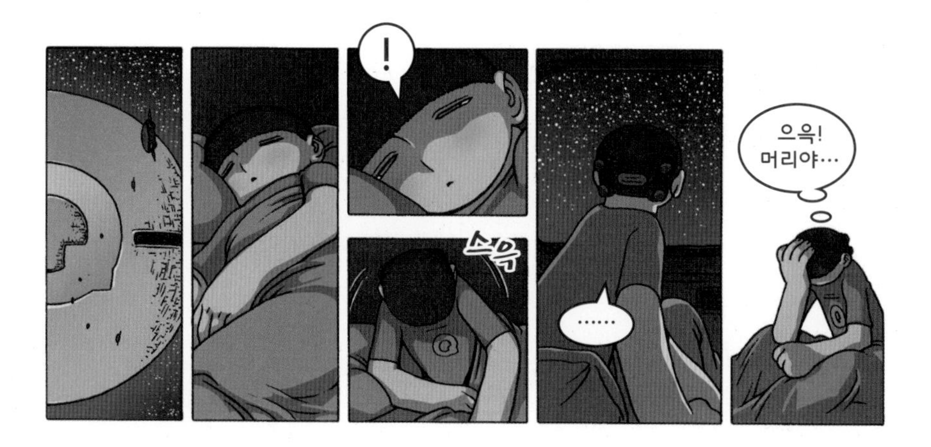
!
스윽
……
으윽!
머리야…

……
냠냠
쩝쩝
……

!
으… 흠!
탁
……

콜록
콜록
후우우…

아니야!

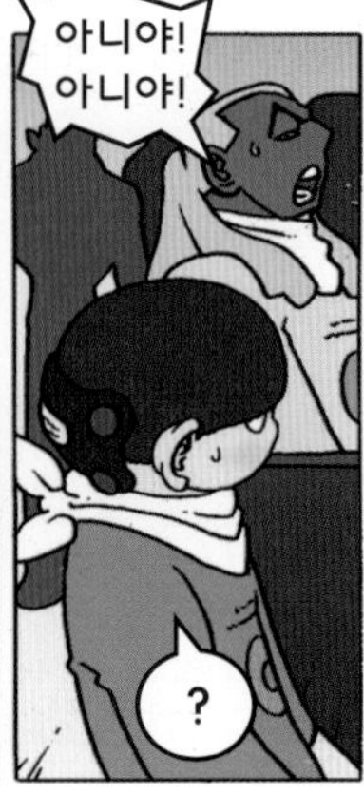
아니야!
아니야!
?

자꾸 이런 식으로
엉겨붙으면 충고가
아니라 경고가
될 수 있어!

…네?

너 이 녀석!
아저씨가 지난번에
했던 이야기는 까맣게
무시하겠다는 거냐?

무…
무슨…?

오케이,
아셀 군은 완전히
클린업 됐고…
그리고
이놈들…

경우에 따라서는
꽤나 요긴하게
써먹을 수
있겠어.
퀑을 잡는
사보이 퀑들…

펜타곤!

펜타곤 멤버 중
퀑이 아닌 두 녀석…

정황으로 봐서
다이크에게 붙잡힌 건
칼번의 쿨가이…
… 같은
소리 하고 자빠졌네.
가알, 이 멍청이!

그러길래 멤버 구성 때,
일반인들은 빼자니까
꼭 그 영감탱이가…
젠장! 이 떠벌이가
다이크에게 어디까지
얘기했을까?

……

빌어먹을!
이게 말이 돼?
이 넓은 우주에서
하필이면…
탕

팍

…이라고는 했지만
어차피 정해진 행동반경
안이니 일어날 수 있는
일이긴 하지, 제기랄!

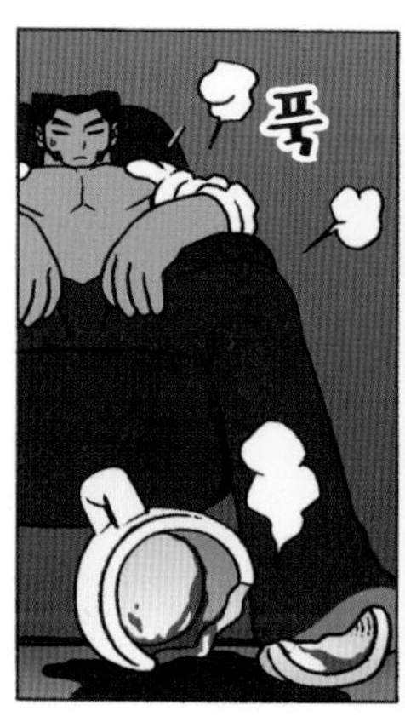

푹

……

울먹
울먹

아아…
적절치 않아!
지난번에도
얘기했잖니? 지금
이 상황에서…

뭐야, 자네도
나와 취향이 같았던
거야?
절뚝

오랜만이야,
아셀 군!

히익!

……
그래, 쓸데없는
걱정이야!

펜타곤
쿵 멤버들끼리도
서로를 알지 못하는
마당에…
가알 놈이 우리에
대해 무슨 이야길 할 수
있었겠어?

지난번엔 나만 인사를
받은 것 같아서 말이야.
친구들을 좀 데려왔어.

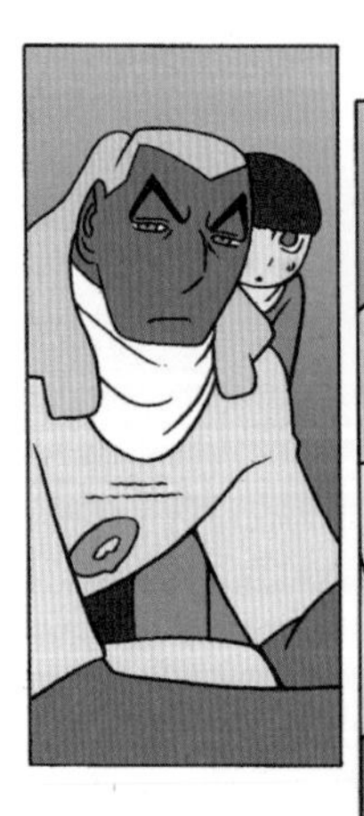

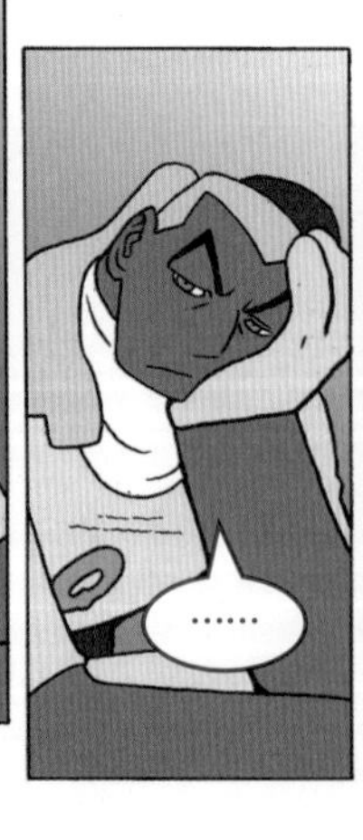
……

그러고 보면…

잠시였지만 그런
팀 구성이 가능했던 건
우리가 가진 공통점
때문이었지.
신변의 안전을 위해
주변의 그 누구에게도
숨겨왔던 비밀…

우리 셋 모두…

이번에도 적당히 부러뜨려 놓으면 또 이렇게 몰려들 테지?
아, 귀찮아.

그냥 전부 죽여버리는 게 낫겠어.

푸하하하… 지금 이 상황에서 그런 허세를?
네 표현대로 말이야. 그건 적절치 않아!

내 등 뒤에 있는 놈부터.

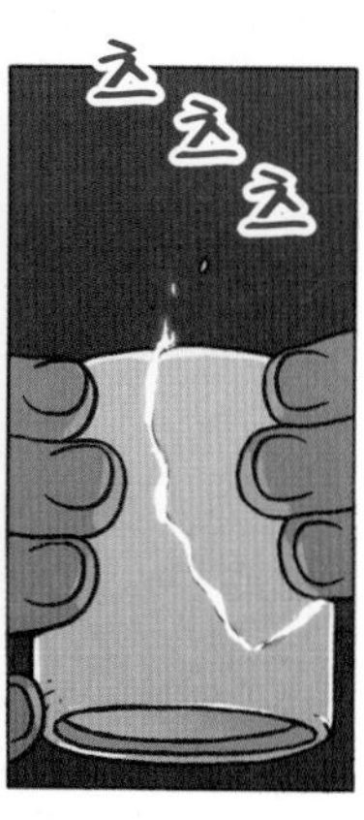
츠 츠 츠

두 가지, 혹은 그 이상의 기술을 쓸 수 있는…
둥실

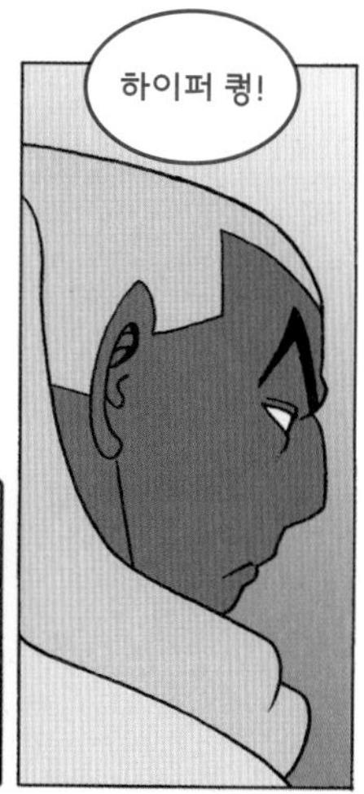
하이퍼 쿵!

……
……

미안, 꼬마야.

난 네가 믿고
따를 만한
츠
츠
츠
츠
츠
그런 종류의
인간이 아니야.

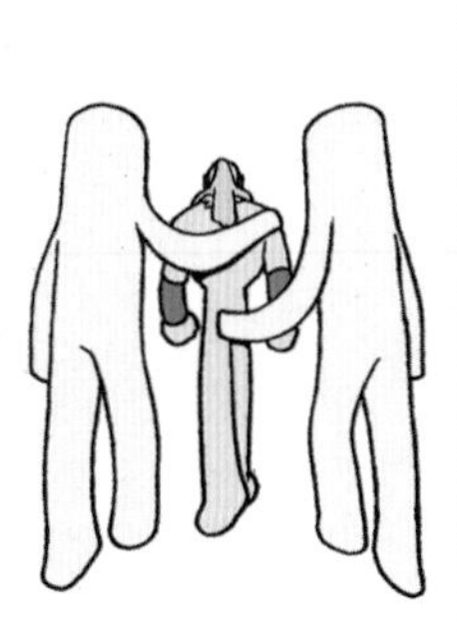

맙소사!
맨손으로 목을
뽑아놨어.
뭐야,
저 친구…
으윽!
피 좀 봐.

저기요.

후우우우…

이러다 뭔 일
터지는 것 아냐?
그러게. 야와 님이랑
지구부장들이 또 한판
붙었다며?

며칠 전 감찰관들
방문 때문에 야와 님 신경이
무척 날카로울 텐데…
쿵 놈 하나
폐기하는 문제로 한바탕
심한 언쟁이 있었대!

거
지구부장들…
종단만 믿고 너무
기어오르는 것
같아!

……
……

……

에헴!
건질 만한
폐품이
있으려나?

아무리
시간 절약이라지만
남이 쓰던 이브…
좀 그렇지 않아?
새로 길들이는 것 보다
주인 잃은 것들 재활용하는
편이 훨씬 나아.

어디
보자…
근데 내 이브가
되려면…

우선 맷집이 좀
있어야 하거든.
퍽

이거야 원…
이래서 어디 하루라도 버티겠어?
으읍…

엄살 피우지 말고 일어나봐.
파하하하… 여기! 얘 좀 봐!

떨고 있어! 야, 이거 진짜 웃긴다!
크흐흐… 이거 귀엽네.

좋아! 이게 더 재밌겠는걸!
탁

이봐, 남의 것 함부로 만지면 안 되지!
!

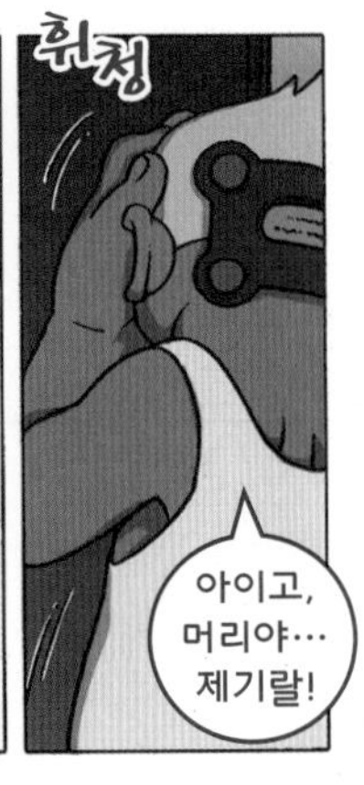
휘청
아이고, 머리야… 제기랄!

야, 셀! 너 왜 이런 곳에 있는 건데?
한참 찾았잖아!

폐기 처분이라뇨?
감찰국에서 조사 중인
일과 관련된 퀑을…?
야와 님, 도대체…
이 양반들이 정말
보자 보자 하니까…
구속된 퀑을
통제하고 처리하는 일까지
왜 당신들이 참견인데?
야와 님이
지금 상황을 점점 더
이상하게 몰고 가는 건
알고 계세요?
도대체 무슨
의도로 이러시는지
알 수가 없네요!
뭐? 의도?
이것들이
정말…
이것들이라뇨?
말씀 가려서 하세요!
종단 서열에선
저희가 한참 위라는 것
모르세요?
중얼
중얼
중얼
… 뭇시엘!
!
믿음과 실천의
아들, 바헬이여!
아, 카마엘
천사님…

사명을 마치고
죄에서 해방돼 자유의
몸이 됐음을
태모, 마마님의
이름으로 선언하노라.
축하해!

네, 감사…
……

무… 무슨
일이세요?
표정이…
에휴! 무슨 일은 뭐…
이제 떠날 사람한테
뭔 얘기를 하겠어?

떠나다뇨?
자유의 몸이 됐다고
제 임무를 멈출 생각은
추호도 없답니다.
어서! 왜 그러시는지
말씀해주세요!

하지만 어차피
떠날 사람이니…
이번에 새로
찾아낸 이단들의
명단 같은 거…
알 필요 없잖아?

카… 카마엘 님!
그건 제가 타고난
사명인걸요!
여기
형제자매들이
근심하지 않도록
조용히 처리할
테니 어서…

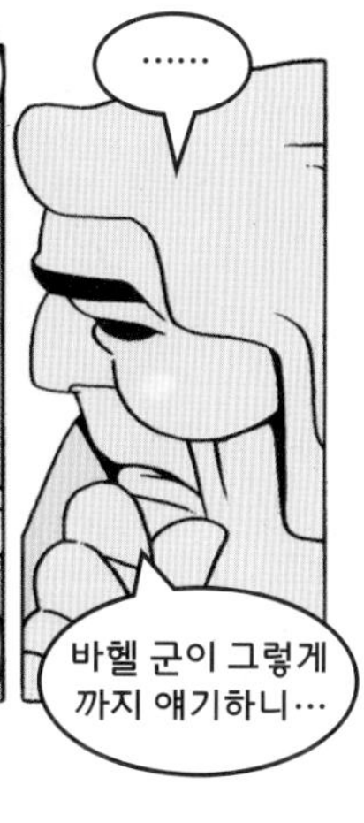
……
바헬 군이 그렇게
까지 얘기하니…

어디 그럼
그냥 이름이나
한번 불러볼까?

한 놈도 빠짐없이
말씀해주세요.
내
그 악귀들을
우주 끝까지
쫓아가…

그것들의 이름과
소속은…

다음과 같아.
먼저…

칼번.

응?
군인들이…

……

중사님, 도심 게이트 출입자 정보요.
!

……

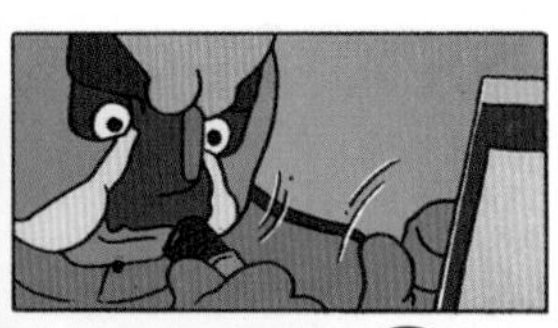

!

역시…! 중앙 서버에는 흔적이 남아 있었군.
치잇! 사보이들에게 일을 맡긴 내가 바보지. 도심 한가운데서 E.M.P.라니…

꼬마가 데려온 일행… 현장에 남아 있는 흔적으로 볼 때
빨간 머리… 이 녀석이 전자기 펄스와 관련 있는 것 같아.

근데 뒤통수에 붙어 있는 건…

콱
아아…!
이런 제기랄!

빨간 머리…
냠냠
먹는 거 가지고
장난치지 말랬지!

빨간 머리 꼬마가
E.M.P.와 관련
있을 거야.
하도르 상사님아!
그건 내가 한 말이거든!

뒤통수에 붙어 있는 건
남의 몸을 빌려 쓸 때 쓰는
뇌전단 스캐닝 장치.
전에 이 비슷한 걸
본 적이 있어. 아마 요놈
본체는 에브라임…?

그리고 흰 머리는
복장으로 보아 태모신교
사제이거나 거기 출신
경호원일 듯.
목격자들 진술에
따르면 평면 구속
기술의 쿵…

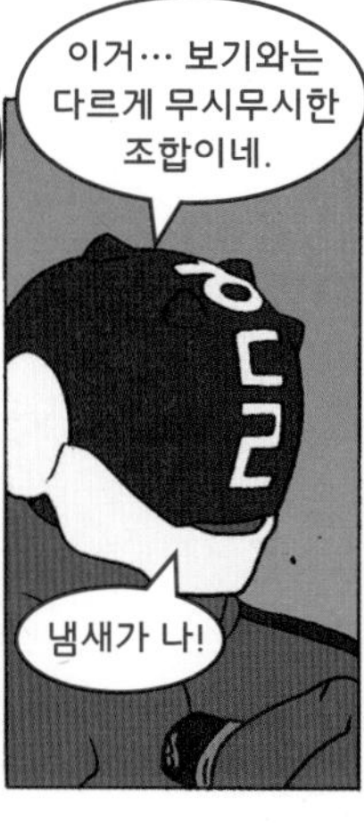
이거… 보기와는
다르게 무시무시한
조합이네.
냄새가 나!

쿵들을 납치해
택배 기사로 쓴다는
희미한 소문이
사실이라면…
거대 종단을
등에 진 실버쿼이란
조직의 정체가
궁금해지는데…

한번…
파볼까?

우주 평의회를
등에 업고 말이야.
직접 개입이
가능하겠어?

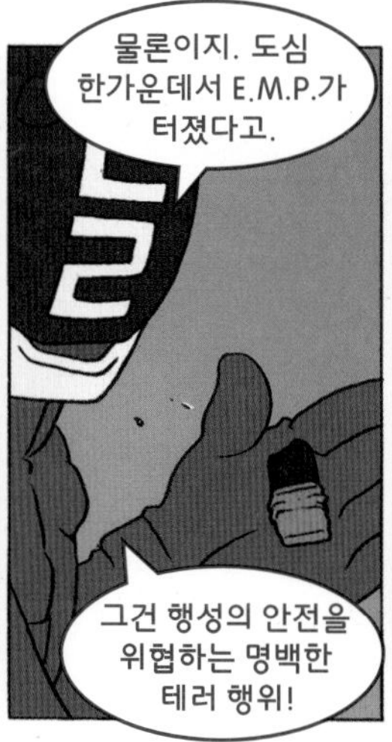
물론이지. 도심
한가운데서 E.M.P.가
터졌다고.
그건 행성의 안전을
위협하는 명백한
테러 행위!

무엇보다 어서 빨리
주황 머리 꼬마를 만나
보고 싶어서!
슈욱

후르르…

퍽
허억…!

퍽

퍽
퍽
퍽
그래…
알겠지,
응가이 군?

거…
거절한다!

퍽
퍽

퍽
퍽

퍽
퍽
퍽
퍽

협상이 아니라
명령이라니까…
네가 이 녀석을
처리했잖아.
그럼 당연히
내가 이놈에게 맡긴 임무를
대신해줘야 할 것
아니겠어?

난 아이들에게
욕구를 느끼는 그런
사이코가 아니야!
사람…
잘못 봤어.

뭐가 어쩌고
어째?
츠즈즈
!

퍽
별 시덥지도 않은 개소리하고 자빠졌네!
퍽
퍽

그럼 만인 앞에서 사람 목을 뽑는 너는 뭔데? 응?
죽은 놈하고 네가 정말 다를 것 같아?
퍽
퍽
퍽

하나같이 역겨운 유기물 덩어리들 주제에!
퍽
퍽
퍽

네가 네 자신한테 못 박아놓은 설정에 관심 없어!
네가 저지른 일에 책임을 지라는 거야!

텅

털썩

너 때문에 생긴 임무의 공백을 채우라고! 알았어, 랜돌프?
랜돌프…
본명 응가이보다 펜타곤 때의 예명이 훨씬 나은걸.

!

네가 쿵 잡던 사보이라는 걸 여기 갇힌 2,500명의 쿵들이 알게 되면
우리 친구, 응가이 군에겐 무슨 일이 일어나게 될까?

……

참, 그 2,500명 중엔 펜타곤 옛 멤버도 하나 있어.
너희들… 사이가 그렇게 좋은 편은 아니지, 아마?

!

감찰국

그래, 야와에 대한 리딩 결과는?

예상대로 야와의 마인드맵은 종단 관리국 시뮬레이션에서 많이 벗어나 있었습니다.

가장 눈에 띄는 건 에브라임 쿵에 관한 것인데요.

과학원에서는 이미 연구가 끝난 그들을 추가 조사라는 명목으로 꾸준히 헌팅 목록에 포함 시켜왔더군요.

……

거기 자네 둘은 이제 그만 나가보게. 수고 많았어.

옛썰!

뭐야, 그 녀석… 또다시 아담의 밤을 계획하는 건 아닐 테지?

그렇게 무모한 시도를 다시 하려 할까요?
뒤처리 때문에 과부하에 걸려 가사 상태까지 갔었는데…

푸흐흐… 하긴 그렇지.
그나저나 자기 본체의 위치를 알아내려고 정말 부단히도 노력하는군.

감찰국의 마인드맵 리딩 수준이 어느 정도인지 모르니까 계속 시도하는 것일 테죠?
아니! 어쩌면 그걸 역이용하려는지도 몰라.

뭐… 언젠가는 종단의 손아귀에서 벗어날 수 있을 거란 희망이
야와를 지금까지 그리고 앞으로도 버티게 하는 힘일 거야.

아, 그리고… 이 화기 제작자는 찾았나?

고라 님께서 직접 수고해주시겠다고 했습니다.

그래? 그럼 이번 일은 별 탈 없이 마무리되겠군.
국장님껜 그렇게 보고하도록 하지.

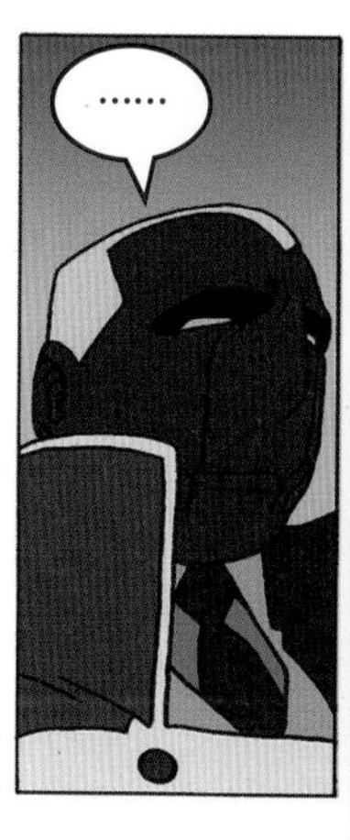
……

야와 녀석…

자기 본체가 어디에 있는지 알게 되면

아마 자폭하고 말 거야.

앙 앙앙!
앙앙…
무슨 소리야?
다이크 녀석이 지금
여기에 있다니…

설마 펜타곤 일로
벌써 들어와 있는 건
아닐 테지?
침착해. 어차피
나에 대해 알아낼 수
있는 건 없어.
그러니
평소처럼…
후우우…

……
뭐야?
!

일정이 벌써 끝났어?
땡땡이 걸리면 바로
참수형일 텐데…
너야말로…
양팔은 왜 그래?
부러졌냐?

뭐… 나 같은
워커홀릭에게나
일어나는 일종의
산업재해지.
이 날라리는
어딜 다치셨나?
뇌진탕. 건물이
무너져서…

건물이
무너져?
쓱쓱
네가 찾았다는
에브라임 쿵,
도대체 누구야?

?
응, 폭탄
테러…
내가 찾은
에브라임 쿵?
뭔 소리야?

……
네가 그랬잖아!
에브라임 쿵을
찾았다고!

내가 언제?
덴마 군,
물리치료
시간입니다.

주인님, 출항
준비 완료…
어? 제트 님!
응, 귀염둥이!
통화하자!
제트 놈, 대체
무슨 소리야?
아, 살살…
어깨도 많이
뭉쳐 있네요.
아놔…
가는 날이
장날이라고 하필
그 순간에 테러로
건물이 무너지고
난리야.

참, 의사당 서기라는
수취인은 어때?
아, 다행히
주인님과 같이…
쓸데없는 소리
말고 시키는 대로만
얘기해.
네, 야와 님.
현재 주인님의 기억은
행성 네게브, 의사당 붕괴 이후로는
모두 지워진 상태…

어쨌든…
다시 깨어나셔서
너무 기뻐!
냐하냐!
팡
웃차!
다 됐습니다.
어깨 더
찌뿌둥…
아, 하하… 금방
회복될 거예요.
……

야, 셀!
애 좀…

냐하냐!
콰이도 주인님의
무사 복귀가 정말
기쁜가봐요.
아, 그건 당신들
입장이고!

하아아…
그래, 다음
목적지는?
일정이
모두 새로
조정됐답니다.
잠시만요.

우선… 이번
배달 물건이네요.
……

아요! 제트,
이 망할 자식!
왜 개떡 같은
내기질은…
뻑
뻑 뻑
화내는 걸
보니 우리 주인님
컨디션 완전 회복!
냐항!

근데
이 자식이…
마! 내가 언제 직접
수고하겠다고 했어?

임무 끝내고 복귀 중인
사람 꼬드긴 게 누군데?
너 때문에
지금 여기를 뺑뺑이
돈 것 아냐!

아, 됐어!
이제 누가 뭐래도
무조건 복귀할 거야.
자… 잠깐만요!
일은 다 끝내신 거죠?

시끄러!
틱
OFF

……
도대체 뭐야?
그 여자…
수군
수군
… 펜타곤 옛 멤버도
하나 있어. 너희들…
사이가 그렇게 좋은
편은 아니지, 아마?
……
어때? 네 정체를
그 친구에게만 알려줄까
하는데…
안 돼! 그건
절대…
……
스윽
네?
미안, 꼬마야.

응?

덴마가 또 다른 에브라임 쿵을?
쓱쓱
뇌진탕 때문인지 지금 기억이 오락가락 하는 것 같긴 한데…

최근의 정전 현상이 쿵에 의한 것이라면
크라잉 대디와 같은 그들의 능력이…

우리 계획에 절대적인 힘을 실어줄 거란 말이지.

응, 그건 확실히…
애플 멤버들에게 주변을 유심히 살피라고 할게.

그럼… 무사 귀환 하시고!
빠른 회복 기원!

……
에브라임…

그래…

펜타곤 건은 완전히 잊자. 괘하게…
스륵

치익
뭐… 뭐야?
HANK!

해… 행크?
저건 나의 펜타곤 예명!

네 경우는 본명이 더 나은 것 같아.

지… 지금 무슨…?
내 경우라니?

말 그대로야. 여기에 있는 네 펜타곤 옛 친구는 예명이 더 에쁘더라고.

!
이곳에?
그런데 너희 퀑 멤버들끼리는 왜 그렇게 틀어진 거니?
서로에게 발각되면 곧 죽음이라며?

뭐야, 한때 동료끼리… 어쩌다 그 꼴이 된 거람?
그래서야 어디 두 다리 쫙 펴고 누울 곳이 있겠어?

팟
!

……

시… 실버퀑 이 자식들, 도대체 펜타곤에 대해…
어떻게… 거기까지 알고 있는 거지?

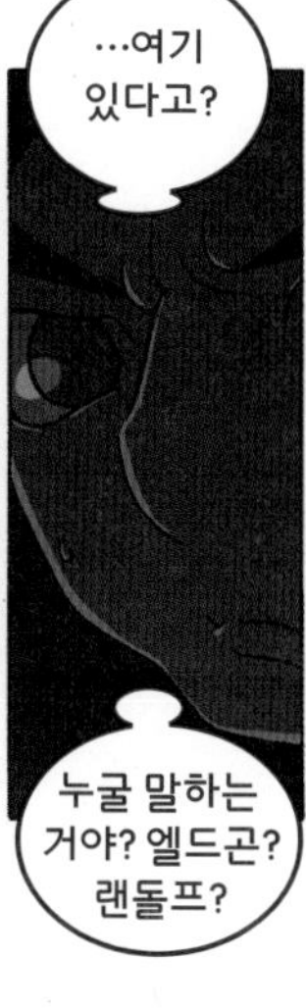
…여기 있다고?
누굴 말하는 거야? 엘드곤? 랜돌프?

홱

크흐흐… 좋아! 아주 잘하고 있어.
우리 랜돌프 군!

!

짝
짝
짝
짝

짝
짝
짝
짝

……

칼번, 3군 7사단 내
T.A.Q.

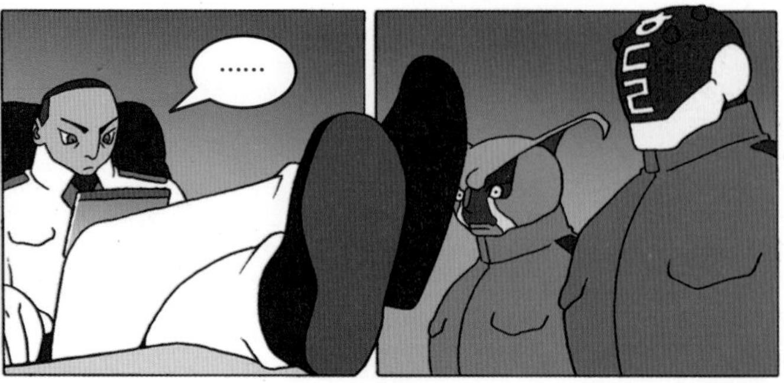
……

그래, 우주 평의회의 동의를 얻어 실버쿼이란 곳을 내사하겠다고?

행성 칼번의 평화를 위협한 테러에 대응하고 나아가 자주 국방의…

아, 됐어! 제 얼굴 가렸다고 그런 낯 뜨거운 소리를 잘도…
어때? 돈 좀 될 것 같아?

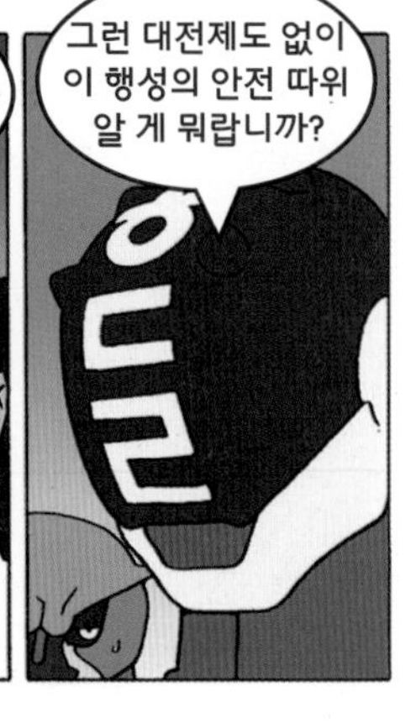
그런 대전제도 없이 이 행성의 안전 따위 알 게 뭐랍니까?

알았어. 평의회에 동의서 요청할게.
알다시피 의회가 우리 쿼 부대를 바라보는 시선이 곱지 않으니까…

너무 큰 기대는 하지 마.
옛썰!

……

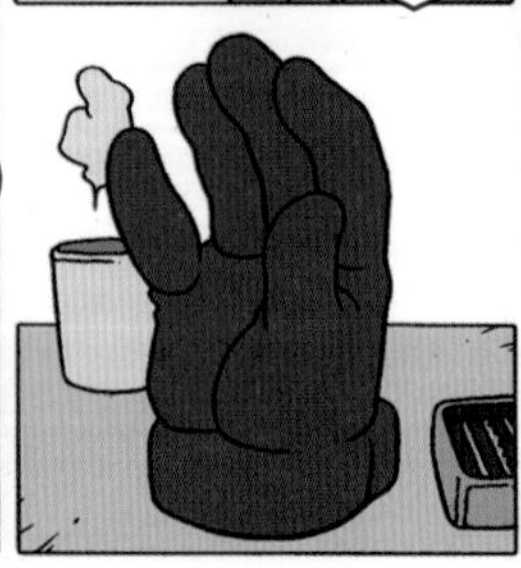

야, 하도르 상사!
응?

이거 일을 너무 키우는 것 아냐?
그냥 우리 평소에 하던 대로…

잔챙이 쿵 몇 놈들 뒷구멍으로 팔아 넘기는 건 용돈 밖에 안 돼.

쿵 정보 수집 능력은 제8우주에선 여기가 최고잖아!
그런데도 희미한 입소문만 들리는 곳이 있다는 게 말이 돼?

두고 봐. 실버쿼 그놈들 크게 한 방 터질…

야! 메기!
벌떡
넷! 포드 상사님!

이게 외근 일지를 제이드한테 떠넘기고는 여기서 한가하게 담배나 빨아?

짝
빠져가지고…

넌 왜 안 일어나? 계급장 같다고 이게 매번 맞먹네!
탕
탕
야, 낙하산! 군대는 짬밥인 거 몰라?

아파…
턱
어쭈? 손 안 치워? 그럼 아프라고 때리지, 이 자식아!

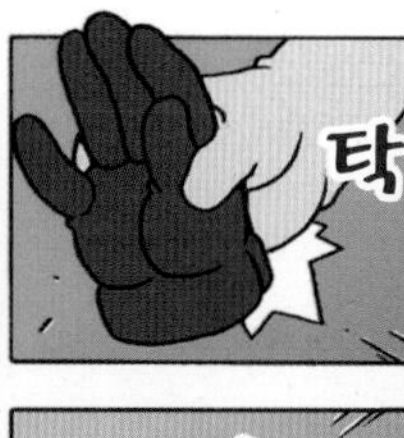
탁

휙

하도르, 너 대대장 연줄 믿고 까부나본데 그러다 언제 나한테 한번 제대로 밟힌다…
명심해!

넌 저녁때까지 외근 업무 정리해서 직접 보고해!
옛썰!

아놔… 저 미친놈! 왜 볼 때마다 때리고 지랄이야!
팍
내가 저거… 언제 한번 제대로 담근다!

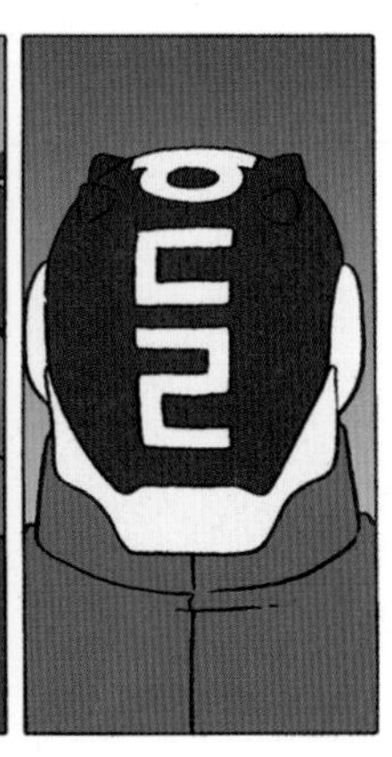

하아…
하아…

랜돌프…
놈이 이곳에 있었어!

크흐흐… 좋아! 아주 잘하고 있어.
우리 랜돌프 군!

도대체 그게 무슨 소리야? 잘하고 있다니…
정전 사태가 녀석과 관련이 있다는 거야?

……
아니! 그건 놈이 가진 기술이 아니야!

그랬다면 사막에서 사이보그들과 그런 육탄전을 치렀겠어?
다이크가 언급했던 에브라임 쿵…

설마 강아지가 에브라임을 자극하는 역할 같은 걸
랜돌프에게 맡긴 것도 아닐 테고… 대체 뭐지?

이렇게까지 힌트를 줬으면 랜돌프가 누군지는 스스로 알아내야지, 안 그래?
내가 그 친구에게 네 정체를 먼저 얘기해 버릴지도 모르잖아?

하아…
안 돼! 그건…
하아…
하아…

물론 폭로할 시기와 순서는 제트 군이 내게 복종하는 태도를 봐서 결정할 거야.
네 친구처럼!

하아…
하아…

그래서 말인데 우선 너희…
애플 말이야…

제기랄! 갑갑해! 숨을 못 쉬겠어!
좌

빌어먹을 강아지 새끼…

이대로는 질식해 죽을 것 같아.
좌
잠시라도 기지 밖으로…

외출 준비!
앙? 앙앙?

……

후우우우… 제기랄!

......
도대체 무슨 꿍꿍이야?

왜 애플에 대해 그렇게 얘기한 거지? 뭘 어쩌겠다고?
젠장! 속내를 모르겠네…
일단은 랜돌프!

죽이지 않으면 놈에게 죽는다!

그러니 먼저 찾아내야 해!

랜돌프 놈… 맨얼굴은 어떻게 생겨먹었을려나?

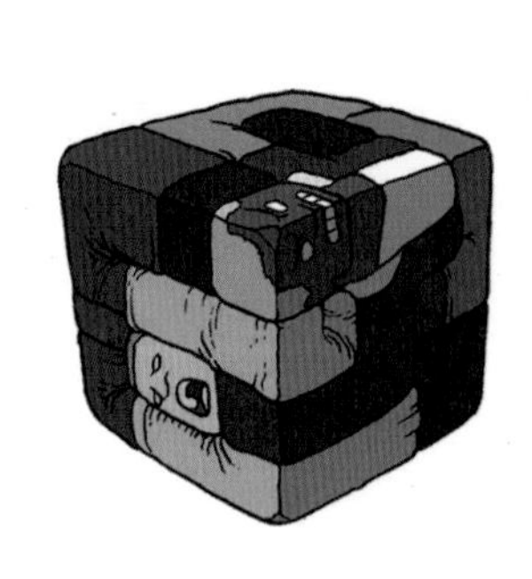

허어… 억!

......

안녕, 우리
친구들!
팟

어서 오세요!
여러분을 진심으로
환영합니다!

고드? 이걸
그렇게 읽어?
CLIENT
Dr. God
네, 행성 벨라식
표기법에 따르면…

우주 택배 역사상
가장 건방진 네이밍의
의뢰인이네.
냐항!
뭐야?
어떻게 생겨먹은
녀석인데?

의뢰인의
생존 당시의
모습입니다.
인상 참…
그런데 생존
당시라니?

죽기 직전에
인공 뇌신경 세포자 시술로
기억과 의식 체계가 복제돼
다른 하드웨어로 옮겨진
상태라네요.

복제 좋아하시네.
옮겨진 내가 온전한
나라는 걸 누가 어떻게
입증할 건데?
영생은 개뿔!
있는 놈들 허영심
자극하는 사기야,
사기!

기껏 한물간
고체 연료나 택배로
주문하는 주제에…
그렇게까지
살아남아 뭐
하려고?

냐항!
그래도 이번 일은
출입국 허가 없이
끝날 일이라
절차가 덜
번거롭겠네요.

통관 허가 없이
끝난다고?
아, 잘난 우리 의뢰인
닥터 고드 님의 영혼이
대체 어디에 처박혀
계시길래…?

네…
인공위성에요.

행성 벨라 정찰 위성
신형 캣피쉬 13호

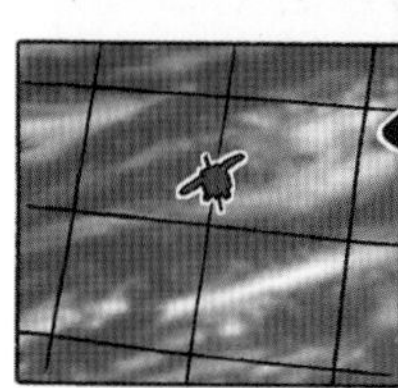

벨라 우주방위국

잡혔습니다!

후와아… 드디어 길고 긴 술래잡기가 끝나는 거냐?
격추 시뮬레이션 결과는?

파편의 극히 일부가 바다 한가운데로 떨어질 수도 있습니다.

대령님!

……

실행해!

안녕히…
닥터 고드의 망령이여!

야, 셀!
너 이 자식!

뭐? 번거롭지 않아?
그럼 이 복장은 뭔데?
날 보고
본선 밖으로
나가라고?

냐항!
턱
*%$&@$#!!

덴마 주인님,
화이팅!

텅

%$*&@!+#
&$<#!!

%$*+@!!!

……

주인 ㄴ…

$@*&!+#*!!
@#?&!!!

!
응? 이
출력은?

위성의
공동묘지에서
이상 출력
발생!
캣피쉬
7호 확인
바람!

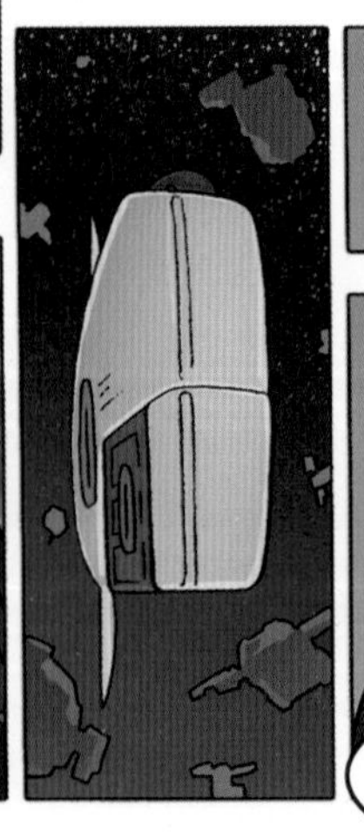

……
네, 고객님.
요구하신 대로 귀하의
위치가 노출되지
않도록
저희 출력을
올린 상태로 접근
중입니다.

뭐야? 지금
누구랑 얘기한
건데?

주인님,
의뢰인이신 닥터
고드 님이세요.

!

후우…
지금까지 만난
의뢰인 중에 덩치가
가장 큰데.
우웅
들어오시라네요.

쳇!
이거야 원…
읏!

여기는 행성 벨라
우주방위국!
!
뭐야,
너희들?

셋 셀 동안
소속과 목적을
밝히지 않으면
바로
발포한다!

하나 둘 셋!
야… 야!

무슨
일이야?

갑작스러운
기체 고장으로
잠시 대체 부품을
찾으러…

신원은 확인
됐습니다.
별일 있겠어?
신경 끄고 근무
교대해.
그럼 뭐…

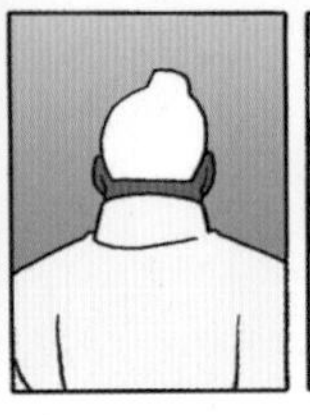

아, 쓰레기
더미 뒤지는
저 택배선…
혹시 모를
사고에 대비해
위치 좌표는
기록해둬.

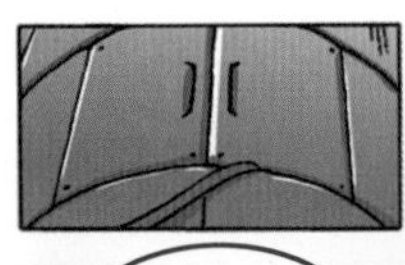

아니, 이것들이
미쳤나? 반나절
여유도 없이…
야! 택배! 배송 예정
마감 시간을 꽉 채워서
도착하면 어떡해?

일 틀어지면 어떻게
책임질 건데? 날 감당할
자신 있어?

제기랄! 깜짝
놀랐잖아!
칙

없어요.
갈게요.
아앗! 자… 잠깐!
이봐, 젊은이!
……
뭐야…
설치하기 엄청
복잡하네.
아, 귀찮아!
그냥 갈래!
내 꼼꼼히
설명해드리리!

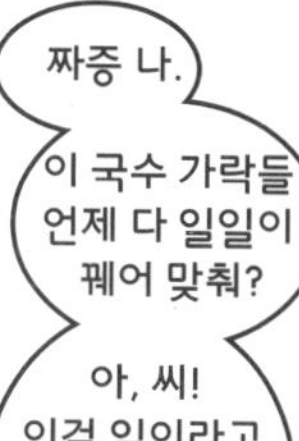
짜증 나.
이 국수 가락들 언제 다 일일이 꿰어 맞춰?

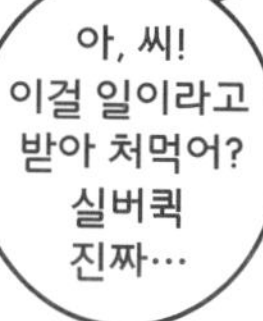
아, 씨! 이걸 일이라고 받아 처먹어? 실버쿽 진짜…

크흐으윽…
이게 어디 한두 가닥이냐고? 응? 응?

자, 그럼 시간 관계상 이제 내 이야길 시작해 볼까 한다!
!
재 뭐래?

냥! 말씀 안 드렸나요? 고드 님 의뢰가 택배 이외에…

그러니까 나더러 몇 시간씩 여기 처박혀서
저 모니터에서 나오는 소리에 귀 기울이라?
반가웠어.
님아!

제… 제발… 시간이 없어! 내 이야기를 녹음해서
당신들 편으로 출판사에 보내기로 했단 말이야.

1시간 안으로 끝내겠다면.
아… 알았어. 그렇게 할게.

흐아아아… 열 받아 가슴이 터져 죽을 지경이지만 시간 관계상…
자, 시작할게. 나의 이야기…

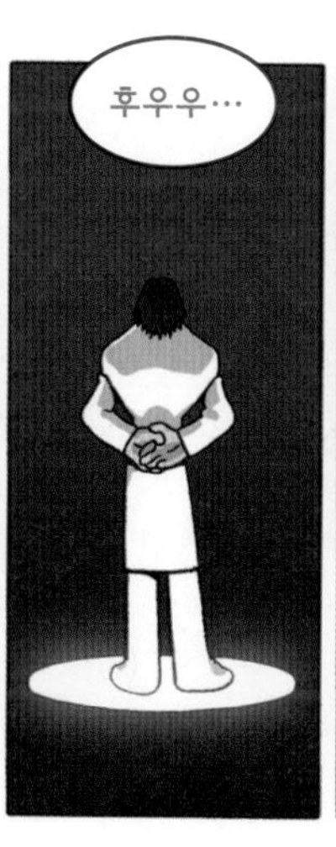
후우우…

내 이름은 고드,

행성 벨라의 네트워크 통합 계획, A.N.G.E.L.의 수장… 이었지.

행성 네트워크
통합 계획이란
A.N.G.E.L.

행성 내 모든 전자기 제어
장치들을 단일 네트워크로
연결하는 행성 사업이야.

이것이 완전히 실현되면
우선 경제면에서
ee MART
행성 내 모든 생산과
유통, 소비 과정이
누락 없이 공개돼.

이를 바탕으로
행성민들 각자에게
정당한 분배와
합당한 조세 정책을
펼칠 수 있게 되지.

정치적으로는,
투명해진 행정 절차
덕분에
특정 집단의
이익을 위한 여론 조작이
불가능해져.

그로 인해 민의가
정책에 그대로 반영되는
보다 민주적이고 이상적인
사회 환경이 만들어지는 거야.
A.N.G.E.L

…라고 행성 통치
위원회는 행성민들을
설득했지. 큭큭큭…
얘는 안 맞네.
이게 아닌가?
이봐, 내 말
듣고 있나?

흠! 흠! 하여간…
행성민들을 긁어주는
선전 문구와
정당한 분배
투명한 정치
A.N.G.E.L
대중매체를 통한
대대적인 홍보로

통치위는 사생활 침해라는
걸림돌을 가볍게 넘기고
A.N.G.E.L.
그들의 계획을
일사천리로 진행시켰어.

본체 1기,
비상 대체용 2기,
합계 3기인 A.N.G.E.L.서버는
각각 행성에서 천재지변에
가장 안전하다는 장소에
설치됐지.
공사가 시작되면서
네트워크 보안과 유지를 위해
사회 각 계층의 전문가들을
그곳으로 이주시키자

지리적인 장점과 교육
효과, 이에 따른 경제적
가치를 노리고
통치위원회에
허가를 받은 외부인들까지
몰려들었어.

어느새
서버 본체를 중심으로
엔젤 타운이라는 작은
마을이 만들어진 거야.
A.N.G.E.L.
TOWN

그리고
통합 계획의 리더였던 나는
자연스럽게 그곳의
지도자랄까…?

지도자? 흥!
마을을 제멋대로
쥐고 흔드는 악당
주제에…
엔젤 타운의
데빌!

그 안에서
내 말은
SPAGHETTI
ADAGIO
곧 법이었지.

탕
절대적인 권한!
이걸 음식이라고?
당장 짐 싸서 타운에서
나가!
그것은 내가
통치위와의 협상에서 이끌어낸
제1계약 조건이었거든.

크크크…
그래, 사실…
난
엔젤 타운의
왕이었어!

이봐, 영감!
뛰어다녀! 앞에서
걸리적거리잖아!
뛰기 싫으면
뒈질 때까지 집에
처박혀 있던가!

저…
저런…!

정말이지?
그럼, 나한텐
너뿐이라니까!

뭐야, 일요일
여친이 바뀌었네.
데리고 놀다 싫증 나면
또 차버리게?
월화수목금토일
정신없이 바쁘겠네!

$#@!&%#*@!!!
&*<$#@!!
하아아…

야! 가릴 거면
왜 입고 다녀? 황금
팬티라도 숨겼니?
넌 앞으로
미니스커트 입고
다니지 마!
알았어?

아, 저 미친
%$@*&!!!…

턱

탕
탕
뭐야? 너…
32
ICE

읏…!
여기가
주차장이야?
네 집 앞마당
이냐고!

왜? 꼽냐?
꼬우면 당장
짐 싸서 나가!

기본도 안 된
놈들이
내 마을에서
설치는 꼴
못 참겠으니까!

그 누구도
감히 내게
대들 수
없었지!

에이씨!
저걸 그냥…
참아!

똥은 더러워서
피하는 거야.
어느 정도여야
말이지. 저런 건
그냥 치워버려야
한다고!

통치위원회와 연이
있는 사람들이 마을 근처로
모여들기 시작했어.
과학기술원과
명문대 이전 장소가
이곳으로 결정됐대.

유명 입시학원들이
앞다투어 이곳으로
입주하고…
그…
그럼…
내가 뭐랬어?
통치위 위원 놈들이
이 근처 땅들을 미리
싹쓸이 매입한 걸
주목하랬잖아!

우리 바람대로
조만간 여기 땅값이
천정부지로 솟을
거란 말이야!
그러니 투자라
생각하고 저런 인간
정도는 견뎌내자고!

그건 사실이었지.
물론 마을 사람들의
그런 기대가 커질수록
그곳에서의 내 입지는
점점 더 커져갔어.

그런데 한 가지…
사람들이 미처 알지 못했던
사실, 통치위가 그곳에서의
내 절대 권한을 인정했던
진짜 이유 말이야.
실은…
엔젤 타운은 엔젤 계획의
시행착오를 줄이려는 일종의
실험 공간이었거든.

행성민들에게
이 행성의 주인이
누구냐고 물으면
보통은 이렇게
대답해.

이 행성의 주인?
그야
바로 우리
행성민들!

그런 사고방식을
환영하는 존재들이
있지.
흔히
음모 이론에서
그림자 정부로
언급되는 그들!

행성 금융 자본의
정점에 있는
바로 이 행성의
실제 주인들 말이야.

푸흐흐… 이봐!
방에만 틀어박혀
있으면 그런 망상에
시달리게 돼.
세상 밖으로 나와
사람들과 어울리라고.
이 행성은 바로
우리 거니까.

바쁜 주인이
집을 지키는 가장
확실한 방법은
집을 지키는
노예에게 그 집을
주는 거야.

그럼 제 소유인 양
최선을 다해 지키고
가꾸지.
심지어
도둑과 맞서 목숨을
내걸기도 해.

행성 단위의 위험이
닥쳐오면 행성민들의
이런 착각은
행성의 주인들에겐
더없이 고마운
사고방식!

돈이 돈을 버는
자본의 특이점을 경험한
운 좋은
행성의 초창기 주인들은
쇠사슬 대신…
그래, 자넨 얼마가
필요하다고?
채권과 채무라는
족쇄가 훨씬 효과적이라는
사실을 알고 있었어.

발목의 쇠사슬이
끊기고 집을 얻은
노예들은 자신들을
자유인이라고
생각했지.
하지만 주인은
금융이라는 족쇄로
여전히 그 노예들을
붙잡고 있는 거야.

하수인 몇을
제외한 대다수의
행성 통치위
수뇌광들도
역시
자신들이 한낱
노예라는 사실은
모르고 있어.

그들에게
이 행성의 주인들은
얼굴 없는 후원자,
지하 금융의 큰손
정도로만 알려지고
있으니까.

주인인 그들이 수뇌들을 컨트롤하는 방법은 간단해.

돈이 안 먹히면…
탕

그런 행성의 주인들은 돌발 상황이 없는 완전한 통제를 늘 꿈꿔왔지.
엔젤 계획은 바로 그 염원을 현실화 시키는 것.

행성 네트워크가 통합되면 노예 개개인에 대한 완벽한 통제가 가능해지거든.
이른바 유전자 단위로부터의! 그 누구도 주인들의 눈을 벗어날 수가 없어.

행성 내, 데이터 연관 지도가 완성되면 자연재해에 대한 정확한 예측은 물론
날씨나 개인의 감정, 집단의 행동까지도 조작이 가능해져.

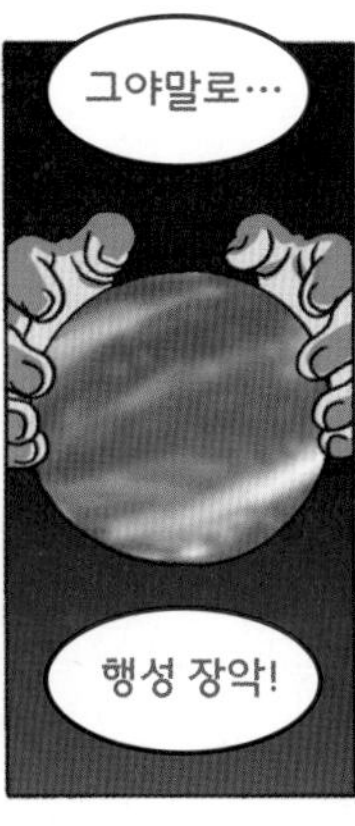
그야말로…
행성 장악!

어때, 젊은이? 내가 얼마나 대단한 일을…

아, 이거였구나!
이봐, 총각! 내 말…

고객님 말씀은 빠짐없이 녹음되고 있으니 걱정 마시고…

흐음! 그… 그럼…
하여간 엔젤 계획의 진실이란 것…

내겐 별다른 저항감이 없었어.
뭐 딱히… 힘의 논리라는 게 사라질 리도 없거니와
대다수 행성민들처럼 당장 먹고사는 데 지장만 없으면 그만인 거니까.

……
분명히 그랬지.
그녀를 알기 전까지는 말이야.

바… 박사님?
고드 박사님! 언제까지
그렇게 서 계실…?

응?
뭐라고?

어서
업무 보고
하셔야죠!
……

아…
거기
서서 지금
뭐 해?

지나치게 긴장하면
부지불식 간에 엉뚱한
행동을 하는 버릇,
시…
실례…
아, 저리
내려가!

그럴 수밖에!
통치위원회의 감사가
있는 날이니…
흠! 흠!

하아아아…
고생하셨어요,
박사님!
괴팍한 천재?
웃기고 있네.
이 행성에
인물이 그렇게 없나?
저런 게 무슨…

일정 안에
일도 못 끝내면서
맨날 돈타령…
하여간
시간만 못
지켜봐! 바로
모가지야!

털썩

제기랄! 내가
짜면 나오는
참기름이야?
이
빌어먹을
놈들아!

……
이…

아, 몰라!
오늘 제껴!

세금 낭비?
흥! 세금 도둑놈들
주제에…

멈칫
……

오늘 일정은
여기까지!
다들
퇴근해!

저기…
나랑 영화 봐주면
점심 사준다!
같이
갈 사람?

……

좋아, 저녁엔
고기도 사주고
술도 사준다!
이봐, 거기!
섹시한 친구!

남친이랑…
당신
말고!
선약이…

마법에
걸려서…
뭔…

가족과…

일하고
싶습니다!
꺼져!

감사ㅎ…
앉아!

아, 됐어!
나 혼자 다
처먹을 거야!

탕

쳇!

엔젤 프로젝트
완성에 대한 통치위의
압박이 극에 달하고
있었어.

비켜!
이것들아!
골반에서
손 안 떼?

BURGER
BANG

BANG
네, 어서
오세요. 주문…

……

꽤나 귀여운 걸!
어때? 일 끝나고 나랑
심야영화나 한 편…
메뉴판에서
골라주시겠습니까?

아, 영화…
네, 다음
손님!

갈릭 버거
세트요.

CLOSED
정기 휴일

HAIR
정기 휴일?
이 영감탱이가
누구 맘대로…?
CLOSED
나오기만 해!
내 당장 타운에서
쫓아내버릴
테니까!

칙
후우우…
그래?
칙
프로젝트
완성 예정일이란 건
사실상 현실성이
전혀 없어.

그나마
고드 박사니까
그런 일정을 소화하면서
견디는 거야.
다른 친구들을
그 자리에 써보면
박사의 현재 작업량을
실감하게 될걸.

그 정도야?
내 말 믿고
어르신께 그렇게
전해드려.
최소 비용으로
최고의 결과가 나올 테니
너무 조급해하시지
말라고 말이야.

게다가
초기 설계와는
전혀 다른 차원의 작업이
진행되고 있어.
본인이
판단해서 오히려
자기 작업량을 더
늘리고 있다고.

초기랑 다르다니…
그럼 나중에 문제되는 것
아냐?
설계 비용으로만
쏟아부은 돈이…

기술의
발전 속도를
고려한다면
사실 초기
설계는
그야말로 밑 빠진
독에 물 붓기!

고드는 그런
추가 비용이 들지 않는
혁신적인 방법을
고안해냈어.
변형 구조를 여기
최고 수석 연구진들과
함께 검토한 결과…

이 방법대로라면
안전과 효율 면에서 기대
그 이상이야.
조금만 더
연구하면 방화벽이란
개념도 무의미해질
것 같아.

초기 설계에서
크게 벗어나지 않으면서
단시간 내 그런 결과를
얻은 건
그야말로
고드 박사였기에
가능했달까?

일이 끝나면
행성 기술위원회의
새 일급 기밀로
분류될 거야.

아쉬운 점이
있다면 계획이
마무리되는 대로

행성의 안전을
위해 박사가 제거
된다는 사실…
죽어! 죽어!

이 빌어먹을
좀비들! 죽어!
아, 시끄러…
드르르르르륵

GAME
OVER

쳇!

CINEMA
TRANS
PERM3
......

3시 거.
한 분
이신가요?

......

EXIT

지글
지글
......

9시 표…
한 분이시죠?
그럼 둘로 보여?
종일 남자 직원이네. 쯧!

……

BY the WAY 24
네, 손님. 감사합니다.

대화 항목에서 찾으시는 검색어는?

고드!
찾는 지역 범위는요?

벌컥
벌컥

꺼억
엔젤 타운!

고드 박사! 이 빌어먹을 자식!
다시 우리 가게에 오기만 해! 내 음식에다…

접싯물에 코 박고 뒈질 놈!
내 살다 살다 그런 족속은…

미친놈이 갑자기 끼어들어서 그런 헛소리를…
제니가 더 이상 나 안 보겠대!

그 변태가 내 다리를 훔쳐보고는
성에 안 찼던지 속옷 얘기까지…

고드, 이 개&$#
*&%#{!!!
&$#!*>?%#&m
f**k$#&*<
……
%#!:*&@!!
…&$@+;%$@
%$*#!!!
…z…

+@#%$*?
&<#@!!!
}@!*&%#?<{
%#&*@+!!
?:*@#!!**%#
"&^*%!@*?
*@&!$#!?:!!
%&@*!!!
*@$@#?!!
&@%~!
?:}|)*&^@#
&^$@**!!!
>&:^#*%@&
@*$!!!#*&
zzz…
zzz…

굿모닝~

팟
야, 고드!
인마, 일어나
봐!

지난번에 얘기했던
내 외조카…

만나거든…
박사님, 오늘
일정은…
파 바 밧
닥터!
감사 결과
보고는…
작업물
체크는
몇 시에…
!
아, 통화 꺼!
후우우우…
읏!

탕
탕
뭐? 인공
지능 온도
자동 조절?

이 빌어먹을
히터가… 왜 내 방만
추운 건데? 엉?
탕
탕
저런 심보
하고는…
또 멀쩡한
히터를…

아, 냉혈한이니
만날 춥지.
귀신은 뭐 하나
몰라?
저 인간은
살아 있는 악몽이야.

뭐야?

지난주 작업…
오늘 체크해 주시기로…

……

……

후우우…

집중이 안 돼.
이따 오후에 다시!

아니, 이 영감탱이가 미쳤나?
HAIR
지금 몇 신데 아직까지 문을 안 열어?

으아아… 죄송해요!
!

!

아, 안녕하세요?
고드 박사님 이시죠?

……

힐끗

엊저녁 늦게까지 단합 모임이 있어서요.
오늘 모두 출근이 좀 늦네요. 아침은 드셨나요?

처음 보는
얼굴 같은데…?
이곳에 온 지
일주일 됐네요.
잘 부탁드려요.
메이라고
합니다.
외삼촌께…
어머, 닥터!
아침부터
웬일이래?
어제 또
청승맞게 혼자서
술 마셨구나?
이 영감이
누구 맘대로
휴일이야?
또 한 번
문 닫아봐! 아주
영원히 문 닫게…
막내야,
박사님 머리 감겨드리고
두피랑 얼굴 마사지!
네,
선생님!
읍…!
&$@#!!!
……
1주일에
한 번…
헤어숍은
타운 안에서
내가 쉴 수 있는
유일한 공간
이었어.
머리가 감겨지는
동안 이내 곧 잠이
들곤 했지.
완전한 이완…
영혼의 안식이란 게
이런 느낌이 아닐까
싶을 정도.
보통은 두피 마사지가
시작될 때 씌우는
마스크팩의 냉기에
잠시 잠에서 깨는데…
지금도 생생히
기억해.
잠이 든 손님을
위한 작은 배려,
……
그날 따뜻하게 데워진
마스크팩의 온기를…

……
MAY C.B.
MAY C.B.
메이…
이 아이…
… 따뜻하군.
… Z…

ZZZ…

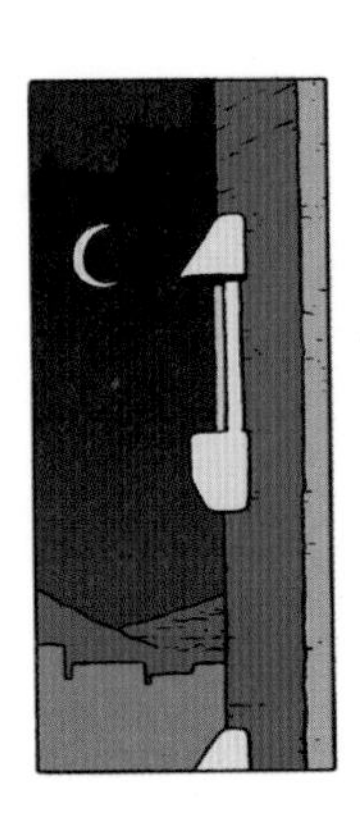

……

엔젤!
팟
최근 1주일
대화 목록…

찾으시려는
검색어는요?

긁적

……

헤어숍…
… 메이!

파바밧

흠! 흠!

틱

메이 같은 아이는
처음입니다. 바라보고
있으면 절로 미소 짓게
된다니까요.
저희 직원들 모두
대만족이랍니다. 제가
인복이 있나봐요.

좋은 아이
소개해주셔서 정말
감사해요.
……
네, 네!
메이 양은 저희가
잘 보살필 테니 너무
걱정 마시고…

틱
메이, 너!
좀 재수없어!
네?
뭐야, 너?

내가 이 까칠한 언니들 마음 사로잡는 데 꼬박 1년 걸렸거든.
근데 넌 1주일 만에 그걸 끝내더라.

야, 누가 너한테 마음을 줬다고 그래?
아, 언니~

자, 우리 복덩이 막내 메이를 환영하고
우리 숍이 행성 벨라의 명소가 될 그날을…
위하여!

위하여!

야, 막내! 무리하지 마!
벌컥
벌컥

어? 어?
벌컥
벌컥
오오오…

카하아… 예쁘게 봐주셔서 감사합니다!
열심히 해서 저도 수석 디자이너가 될래요!

너 설마 노래까지 잘하는 건 아니겠지?

선배님들의 기대에 미치지 못해 정말 죄송합니다.
허나 그 정도로 물러날 메이가 아니라는 것!
이가 없으면 잇몸으로 메이!

제가 노래는 안 돼도 춤은 좀 되거든요. 앗싸!
쿵짝
쿵짝
야, 춤도 엄청 이상한데!

파하하… 아, 됐어! 그만해! 보는 우리가 민망하잖아!
아닙니다! 그깟 거 알 게 뭐랍니까?
피식
푸흐하하… 얘 완전 물건이다!

AM 10:00

AM 11:00

PM 01:00

PM 02:00

PM 03:00

PM 04:00

PM 05:00

털썩

후우우…

메이, 안 자고 뭐 하니?

자격증 시험 준비 중인데요.

이 녀석아, 버추얼 모델링이 아무리 정교해도 그걸로는 시험 보기 어려워.

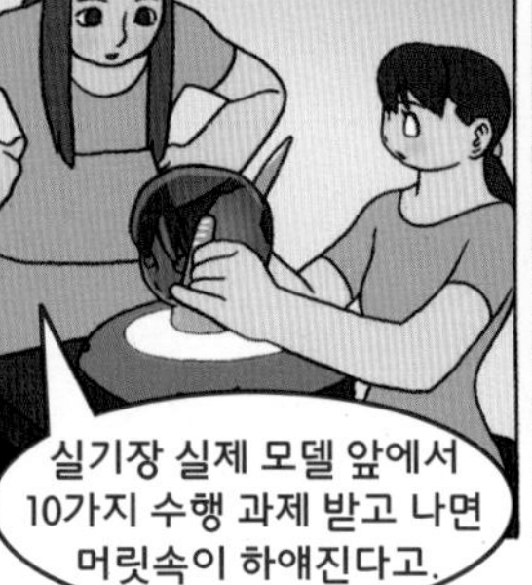
실기장 실제 모델 앞에서 10가지 수행 과제 받고 나면 머릿속이 하얘진다고.

그래도 3개월 뒤 시험은 꼭 보고 싶어요.
너 자격증 있으면 월급 두 배 준다는 선생님 말씀 때문에 그러지?

그럼요! 경력에 관계없이 두 배라고요! 두 배!
다른 곳에선 상상도 못 할 파격 조건!

푸흐흐… 하여간! 그래, 경험 쌓는 거니까 시험료가 아까울 건 없지. 우리 막내 파이팅!
파이팅!

……

어서 오세…
…요.

어서 오세요!

어머! 오늘 또?

갈래!
닥터!

ZZZ…

편히 쉬셨나요?
계산해 드릴게요.

……
흠! 흠!

쉬는 날… 흠!
메이 양은 쉬는 날 뭐 하나?
네?

뭐…
별 약속 없으면…
같이 영화나 봐주든가…
아, 천장이 하얗네.

동네 지리도 알려주고… 맛집 탐방 같은 건 기본적인 추가 옵션…
…인데 뭐 바쁘면 다음번으로 미뤄도 상관없지…

…만 잘 생각해보면 메이 양이 딱히 손해 볼 건 없지 않나…
네, 박사님!

그… 그게
정말이야?
네, 중령님!
격추한 지
13시간이 지났습니다만
행성 전 발전소에서
배출되는
냉온수량이
전혀 줄어들지 않고
있습니다.
설마…
이번에도 본체가
아니었던 거야?
엔젤팀에선
뭐래?
제어 명령어가
여전히 안 먹히고
있답니다.
기술본부장의
말대로라면
시스템
클리닝이 끝나는
24시간 뒤에야
닥터 고드의
존재 여부를
확인할 수
있다는데요.
박사가 아직 살아
있다고 확신하는 듯
합니다.
제기랄!
호크 대령에겐
뭐라고…
이거야 원…
눈이 펑펑 내려도
시원치 않을
이 겨울에
밤바람까지
따뜻하네.
!
부우웅
도착 예정
시간은?
오전 7시
입니다, 대령님.

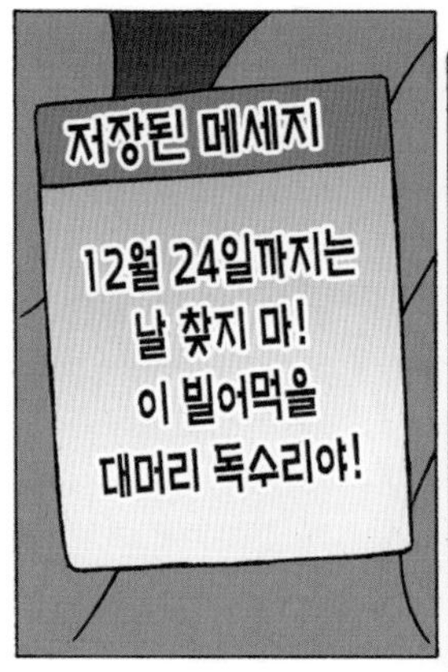
저장된 메세지

12월 24일까지는
날 찾지 마!
이 빌어먹을
대머리 독수리야!

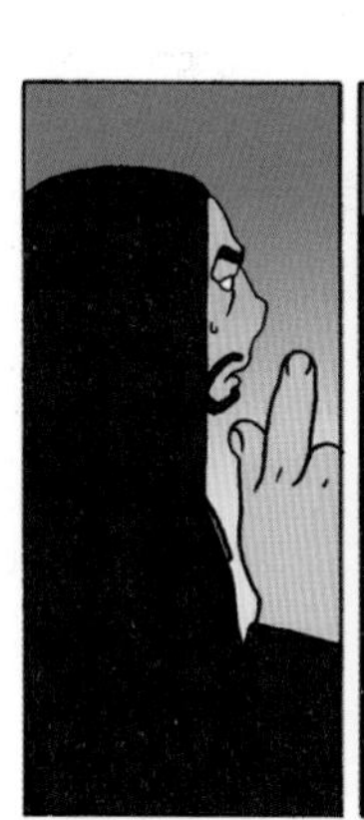

……

… 뭐?

네, 좋아요.

……

?

우…

웃기지 마!

홱
후다닥

부우웅

!

끼이이이익

통

철퍼덕
오우! 닥…

허억!
이봐요! 괜찮아요?

벌떡
괜찮아!

저… 저기…
어서 병원으로…

괜찮다니까!

HAIR
후다닥

하아
하아

하아
하아

제… 제기랄! 그게 무슨 소리야…?

네, 좋아요 라니…

……

뭐야, 오늘은
아침부터 안절부절…
이마는 왜 저래?
누군가
정의의 응징을
한 게 아닐까?

멈칫

역시
안 되겠어!
확

그러니까…
같이 영화
보겠다니까 갑자기
뛰쳐나가더라고?

…네.
뭐야, 그 인간…

찌질이가
너무 기뻐서
만세라도 부르려던
참이었나?
막내야, 내가
얘기했지.
이 마을에
상종해선 안 될 인간이
하나 있다고.
왜 하필…

탕
야! 거기!
귀엽게 생긴 애!
너! 나와!

턱
아니야, 언니!
내가 직접 맞설게!

선생님 출근하시면
전부 일러바쳐야지.
근데 저 인간이
우리 막내한테 지금
무슨 이야길…

엉? 언제
봤다고
말이야…

낯선 남자가
영화 보잔다고 바로
오케이라니…
사탕 주면 따라갈
기세네? 젊은 친구가
그럼 되겠어?

오만 잡것들이
판치는 세상에
그런 태도로…
고드 박사님,
몸은…?

그깟 트럭,
뭐 약간 긁힌
정도지!
내가 어제는 좀
당황해서…

다행이네요.
호크 외삼촌이
박사님 뵙게 되면
친절하게 잘 대해
드리라고…

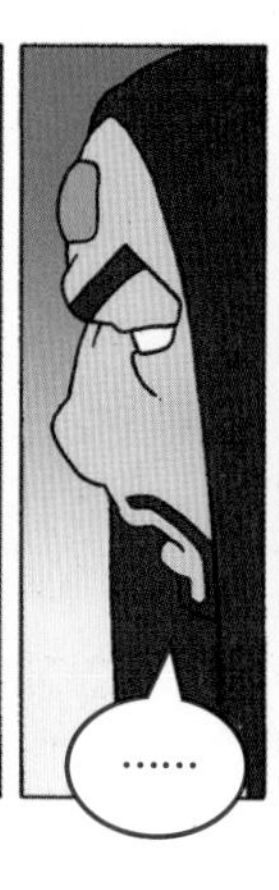
……

호크…?
대머리 독수리
호크 대령?

네.
저희 외삼촌이세요.

휘 청
괜찮으세요,
박사님?

이런 젠장!
트럭에 받혔는데
괜찮을 리가
있겠어?

어머! 지금
뭔데?
봤어?
봤어?
와, 우리 막내!
뭔진 모르겠지만
짱이다!
짝 짝 짝
뭐랬길래
저 인간 다리에 힘이
풀린 거지?
뭐?
이 빌어먹을
대머리 독수리가…
날 동정이나 받을
거지 취급해?
아니, 근데
이 자식이!
남은 애써…
*&@$#&!!
>_<*!@*!!!
+*@%$!!!
*)(<+#&@!!
쳇! 그럼
그렇지…
……
으… 열 받아!
이대로
물러설 순
없어!
뭔가
방법이…
……
!

네?
거래요?

그래, 메이 양! 자네 디자이너 자격증 있나?
아뇨, 아직…
실기 시험 같은 거 봐야 되지?

좋아! 연습 모델 10명당 영화 한 편 어때?
네? 그… 그러실 것까진…

아니! 난 친구 조카에게 동정이나 받는 거지가 아니라는 걸 입증해야겠어!
정당한 대가를 지불하겠다고!

……

……

저… 정말 괜찮으시겠어요?
이렇게까지 안 하셔도…

거래라고!
서로 필요한 걸 주고받는!

똑똑

박사님, 어제 보고서…

자네…
그동안 수고 많았어. 오늘 당장 짐 싸서 타운에서 나가!

네?
느… 느닷없이 그게 무슨 말씀이신지…

무슨 말씀이라니? 사표 쓰란 소리지!
솔직히 처음부터 자네의 일 처리 방식이 마음에 안 들었거든!

바… 박사님! 제가 이곳에 오기 위해 어떤 노력을 해왔는지 잘 아시잖아요.
제발 그런 결정만은… 제 가족들…

……
정 그렇다면 방법이 전혀 없는 건 아니야.

……

뭐? 거래?

이 거지 깽깽이 같은 찌질이가 지금
그걸 애 앞에서 내세울 자존심이라고…

막내야!
네?

MAY C.B.

아… 메이 양이신가요?

……
!
설마…
고드 이 자식,
우리 메이를
여자로 대하려는 건
아니겠지?
!
아…

척
척
훗! 내가
쓸데없는
생각을…
아무렴!
고드 놈 따위…

&^$#@*…
:<*&%$@
푸하하하…
뭐야?
선배,
어디서 그런
머리를…

턱

스윽

웃!

모두…
짐 싸서
나가!

죄송해요,
선생님!

뭐가?
이 녀석아!
고드 박사 혼자
저러는 걸 누가
어쩌겠니?

막내의
역할이라는 것도
있는데…
다짜고짜
그런 식으로 억지
부리는 손님은…

닥터 고드는
예외로 하자고.
이 타운에서의
영향력이라는
것도 있잖아.

공짜로 해주는
것도 아니니 그저
영업의 일부라고
생각해.
막내는 부담 없는
연습 대상이 생겨서
좋은 거고

그 대가로 우리는
돈 벌어 좋은 거고 말야.
이참에 우리 숍을
엔젤 타운의 대표
브랜드로…
오우! 내가
너무 속 보였나?

어쨌든
우리 막내의 역할에
기대가 커지는걸.

자…
손님들
오신다!

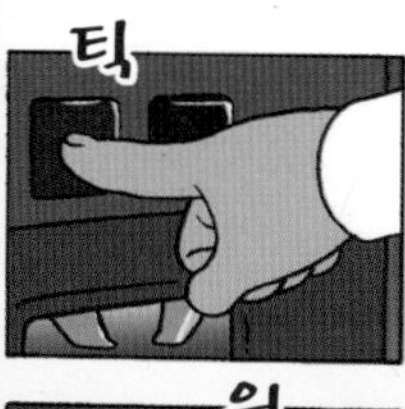
틱

위이잉
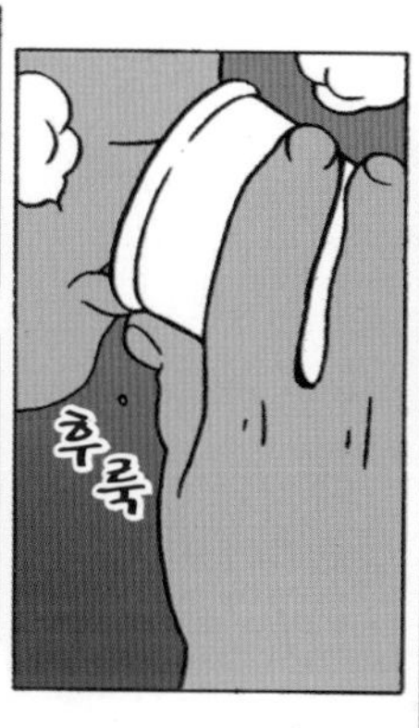
후룩

착칵
나도…

그런데
한 가지…
거래에서
내가 간과한 게
있었지.

필승
여심
공략

뭐야… 앞 대목과
말이 다르잖아! 대체
어쩌라는 거야?
필승
어째
엔젤 프로젝트보다
복잡해…

막상 영화를 같이
보려니까 이게 보통
일이 아니었어.
예를 들어
극장 좌석의 경우,

그녀가
안쪽에 앉게 되면
도중에 화장실 가기가
불편할 테고

통로 쪽에
앉았다가 옆이
산만해지거나
하면
영화에 집중하기
힘들 거란 말이지.

한번 그런 고민이 시작되자
상황이 걷잡을 수 없이
복잡해지는 거야.
거… 걸을 땐,
물론 내가 차도 쪽에
서야겠지.

만… 만일 도로
안쪽에서 갑자기 건물이
무너지거나 물건이
떨어진다면…

크으흑!
그… 그럼 식당이나
카페에선…

벽을 마주하면
말주변 없는 내가
그 시선을 다 받아야
하니
상당한 부담!

벽을 등지면
시선이 산만해져
대화에 집중을
못 할 테니
그것도 곤란!

으아앗!
말도 안 돼!
……
뭐…
처음이란 늘
그런 거지.
결국
약속 전날은 동선을
짜고 재검토하는 데
밤을 새야 했어!
웃기지 마!
영화 보고 밥 먹는 게
이렇게 복잡할 리
없어!
내가 지금
무슨 일을 벌인
거야?
흠! 흠!
…라고
위로하며
크윽! 관람 후
산책 코스를 넣게 되면
동선이 엉켜! 그렇다고
빼자니 종일 처먹는…
그렇게
약속 당일…
아…
메… 메이 양,
기… 긴장할 필요
없어!
네?
영화 한 편
보는 게 뭐 그리
대수라고…
택시!
!
헉!
TAXI
택시, 이건
미처…
그녀를 먼저 태워야 하나?
안쪽까지 기어 들어가야 하는
번거로움,
무엇보다 안에 갇혀
요금 계산이 끝날 때까지
기다려야 해! 유쾌할 리
없어!
바깥쪽에 앉았다 먼저
내릴 경우, 충돌의 위험과
혼자 밖에서 기다려야
하는 뻘쭘함…
냐!
통
크아악! 어쩌지?
어떻게 타야 하는
거냐고?
제기랄! 왜 이걸
어젠 생각 못했을까?
……

아하!
TAXI

첫 번째 거래가
어떻게 끝났는지
지금도 잘
모르겠어.

뭔가 엄청나게
복잡했고

많이 졸리더니
ZZZ…

어느새
저녁이었던
것 같아.
기억에 남는
거라곤…

지금 그 머리
불편하지 않으세요?
연구소 분들과
같이 오세요. 다시
다듬어 드릴게요.

함께 있는 동안
떠나지 않던 미소,

저녁으로 먹은
스테이크,

귀갓길
뒷좌석에
남아 있던

그녀의 향기.
……

메이…
졸려서 의식은
흐릿해졌지만

막연했던 감정은
명확해졌지.

ZZZ…
TAXI

굿 모닝!
상쾌한 아침,
제군들!
어이! 아침부터
왜 그렇게 어깨가 축
늘어져 있나?
힘내라고!
젊은 사람이
말이야!
바… 방금 뭐가
지나간 거냐?
낯익은데
무척 낯선…
아, 요즘
왜 이렇게
불안하지?
무사하구나,
막내!
정말 별일
없었니?
너한테
술 먹이려고
하진 않든?
박사님은
그런 분 아니세요.
어머! 그런 분이
따로 있나?
남자는 결국 그놈이
그놈이야.
지켜주지 못해
미안!
선생님이 널
그 악당에게 팔아넘길
줄은… 크흑!
마… 막내야,
손님…
돌려서
말하지 않을게!
나 메이가
엄청나게 좋아!
우리 사귀자!
아… 조금
당황스럽긴 한데요.
네, 박사님!
그렇게 해요.

좋아! 그럼 우리
사귀는 기념으로…

풉! 아무렴
그렇게 쉽게…

!

!

……

……

아, 박사님!
제 남자친구예요.
오빠, 이분은
엔젤 타운의
고드 박사님…
아…

처음 뵙겠습니다. 우주
방위국의 제우 중위라고
합니다. 말씀 많이…

……

아, 머리
다듬으러…
아니!
천만에!

……

쩌어억

콰
악

산책 중이었어.
자네도 좀 들겠나?
우걱
우걱

다이어트에 좋아!
퍽
싫어?

그럼 말고!
턱

뭐야, 저 양반… 소문대로 괴팍하네!

정말이지 그건 너무 얄미운 타이밍에 뻔뻔한 등장!

……

아, 뭐야? 이 미친놈! 왜 산책로 한가운데…
아주 지가 왕이야, 왕!
……
짜증 나! 그냥 확 밟고 지나가버려?

벌
떡
하긴 그렇게 귀여운 애한테…
남친 정도야 당연한 거지!

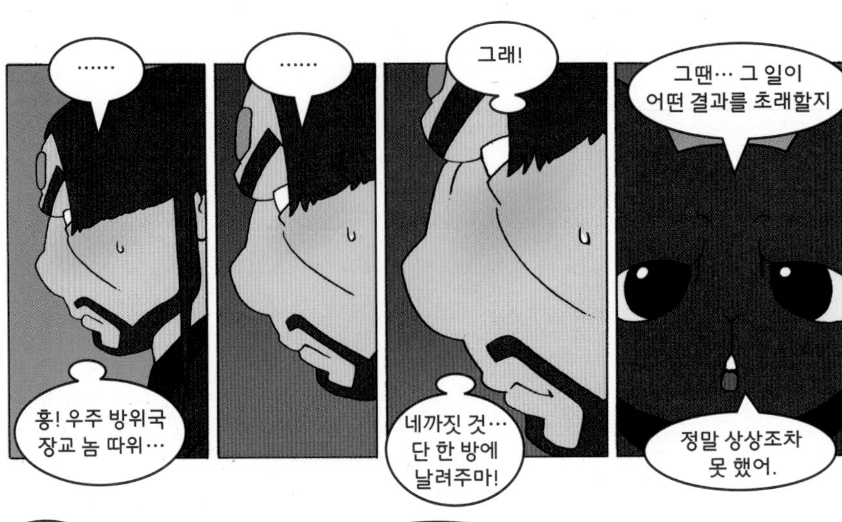
……
흥! 우주 방위국 장교 놈 따위…
……
그래!
네까짓 것… 단 한 방에 날려주마!
그땐… 그 일이 어떤 결과를 초래할지
정말 상상조차 못 했어.

젊고
키 크고
잘생긴 데다…
특전사 출신에
박사 과정…
훌륭해! 아주 좋아!
자네처럼 누구에게나 환영받는 훌륭한 젊은이들이
이 우주의 평화를 지켜야 해!
스윽
틱

그동안 난…
오로지 그녀를 독차지 하겠다는 생각뿐이었지.
그래서 생각해낸 것이
그녀의 남자친구를 우주 평화유지군으로 발탁해 다른 행성으로 내쫓는 거였어.
그건 군부 네트워크에 들어가 명단에 이름만 올리면 끝나는 일.
어?
물론 내가 엔젤 계획의 수장이었기에 가능했지. 게다가

조작된 인사이동에 신경 쓸 만큼 행성 벨라의 군대는 한가하지 않거든.
오, 그래! 무슨 일이야?

뭐? 자네가 유지군 명단에 올려져 있더라고? 말도 안 돼!
알았어! 내가 한번 알아볼 테니까 대기하고 있어!

알아보긴 뭘? 방위국 준장의 친필 서명이 적힌 결정인걸!
제우 중위라고 했던가? 큭큭… 가서 잘 지내라고, 젊은이!

외삼촌은? 응? 뭐라셔? 내가 다시 얘기해볼게, 오빠!
상부의 결정이라 어려우신가봐.

어쩔 수 없는 일이지, 뭐. 너무 걱정 마.
대령님께서 5개월 뒤 복귀자 명단에 바로 올려주시겠대.

하지만 사흘 뒤라니…
이렇게 갑자기…

하하… 괜찮아. 전투병이 아니라 사무관으로 가는 거니까 안심해.

첫!
휙
하여간 젊은것들 뽀뽀질은…

역시 프로젝트
마무리에 대한 압박으로
맛이 간 거야.
심지어 본인도 그 사실을
알고 있는 듯해.

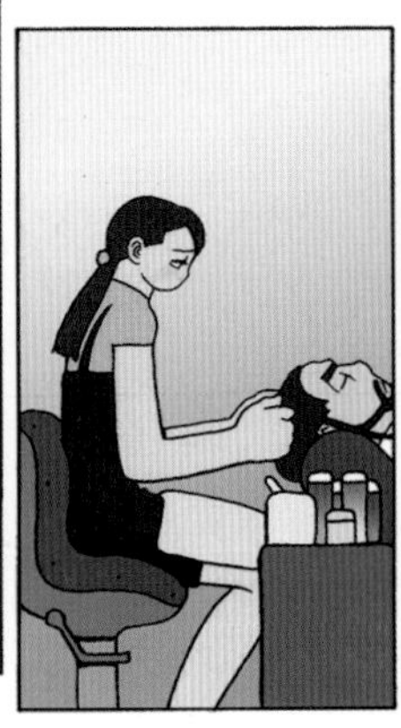

힘내.
네?

외삼촌한테
두 사람 얘기 들었어.
살다 보면
누구나 한두 번은
겪는 일이야.

잠시 떨어져 있다 보면
빈자리가 얼마나 큰지
알게 되고
그게
두 사람의 사랑을 더 크고
견고하게 만들 거야.
그러니…

힘내라고!
응원해줄게!
몸을 바쁘게 하면
마음이 덜 힘들 거야.
열심히 해서
다시 만나기 전에
자격증 따야지.

우리 거래는
그때까지 계속되는
거다!
……

어때? 기분 전환할 겸
내 머리 손 좀 봐줄래?
맘에 들면
끝나고 맛있는 거
사줄게.

네, 박사님!

굉장해! 아까 침착한 연기
정말 훌륭했어! 푸흐흐…
그래, 바로 이거야.
힘들 때 기댈 수 있는
삼촌 모드로 다시 접근해서
남친의 공백을 서서히
메꿔나가는 거지.

서두를 것 없어.
어차피 내 여자가
되기 전까지는
그 녀석이
이 땅을 밟는 일은
없을 테니까.

거기다
서로 연락할
방법은 모두 차단해
놨으니…
칫
……

그나저나…
머리 모양 바뀌니까
장난 아니다…
완전 초꽃미남…
이거… 여자들이 가만두질
않겠는걸.

쓱
쓱
어디… 여기다
면도까지 하면
어떤 느낌이려나?

왜?
놀라운가?

모두 나처럼 되고 싶겠지? 물론 그건 불가능해!
하지만 흉내는 낼 수 있어! 지난번 그 헤어숍으로 가!

때늦은 후회, 소용없어!

최고의 남자를 차버린 건 여러분 자신이야!
평생 본인들을 원망하고 저주하며 살란 말이지!

거기 너! 너! 너! 너!

이런 엔젤 타운의 시각 공해들 같으니…
당장 짐 싸서 이 마을에서 나가!

별 미친… 뭐야, 넌?
네가 고드 박사라도 돼?

내 제안은 간단해.
메이 양이 이번 디자이너 자격증 시험에서 합격한다면
당신 헤어숍은 쫓겨날 걱정 없이 이곳의 대표 명소가 될 거야.

영감, 내 말 알아듣지?

……
그렇지! 바로 그거야!
이 수행 과제의 목표는

모발의 저항을 디자이너가 어떻게 컨트롤하느냐…

이 경우에는
오히려…
아…

……

……

좋아! 아주 좋아!

상황을 제어할 수
있다는 자각은 마음에
여유를 갖게 했지.
그녀의 취향,
생활 태도, 습관,
사고방식 등을
관찰하며
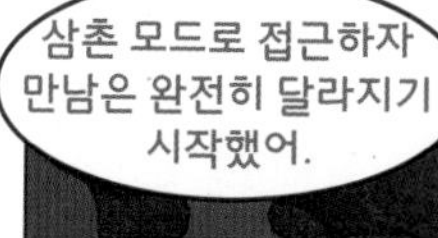
삼촌 모드로 접근하자
만남은 완전히 달라지기
시작했어.

긴장이 줄고 마음이
편안해지면서

대화가 자연스럽게
연결이 되는 거야.

복잡하던 과정들도
단순명료해지기
시작하고…

두 번째 거래,
아니 데이트에서
난 할 수
있다는 확신을
갖게 된 거야.

……

후우우우…

뭐야?
왜 아직 개인회선 연결이 안 되는 건데?

그… 그게 아무래도 파견지 네트워크가 문제인 것…

… 같구나.
그러니 연결되는 대로 바로 연락 주마.
… 응.

우주 연맹 사령부 게시판엔 유지군 전원 무사히 잘 지내고 있다고 하더라고.
그러니까 너무 걱정 말고 맘 편히 지내렴.

참, 듣자하니 고드 놈이 젊은 척 하면서 너한테 계속 집적 댄다면서?
아, 아니야. 삼촌. 누구보다도 이곳 생활에 많은 도움을 주고 계셔.

모르는 소리! 남자는 노소가 따로 없어! 늘 조심해야 돼!
특히 그놈은 목표를 위해선 수단과 방법을 안 가린다고!

저… 저 망할 자식! 말도 안 되는 헛소리를…
도대체 왜 저딴 게 메이의 외삼촌인 거야?

……

제우 오빠…

집중!
딱

막내, 너! 앞으로 시험이 얼마나 남았다고 멍 때리고 있는 거야?
내가 지금 너랑 장난하는 것 같아?

정신 똑바로 못 차리지?
죄… 죄송합니다.

어느덧 그렇게 3개월이 지나갔지.

*&$#@!!!
)$#!&%*@:!!
으흥! 오늘 데이트에선 어떤 메뉴가 좋으려나?

아, 우리 메이 지난번에 쌀국수 잘 먹던데 저녁은 그걸로 할까?
……

……

그 영감… 업계에서 꽤 유명하다던데
그게 사실이었나봐.

미용학교 졸업 후, 3개월 만에 디자이너 자격증을 따는 경우는
유례가 없는 일이라더군. 영감의 특훈이 만든 결과…

… 라기보다는 집중하기 어려운 상황에서도
굴하지 않고 시험 준비에 매진한 메이의 결실! 훌륭해!

간만에 그녀의 시원한 미소를 보게 된 거야.
물론 우리 거래는 그걸로 끝이 났지.

축하해!
감사합니다!
네?

두 사람, 여친 있다면서? 그럼 키스해봤을 것 아냐?
그러니까… 어떻게… 그런 상황에 이를 수 있냐 이거지, 응?
……
술이죠.
술?
네! 제정신으로 누가 우리랑 입맞추겠어요?
우리라고 단정 짓지 마!
그러니까 취했을 때 기습적으로…
……
그… 그건 좀…

아니에요, 박사님! 가장 현실적인 방법이라고요.
저희 공대 출신들은 다들 그렇게…
웃기지 마! 그런 졸렬하고 야비한…!
그… 그게 남자가 할 짓이야?
카아~ 오늘 술 좀 받겠는데?
네, 저도요!
오호라…

아무튼… 3개월 만에
정식 디자이너…
감사해요, 박사님…

어허! 오빠라고
부르라니까!
그리고 그건
메이가 노력한…

두근

비틀
비틀
으음…

저기…
응?

우리 잠시…
쉬었다 가요.

아…

제정신으로 누가
우리랑 입맞추겠어요?
그러니까 취했을 때
기습적으로…

흠! 흠!

후우우우…

이상하게 들리겠지만
일단 첫키스만 성공하면
어찌 된 일인지
그다음부터는 쉽게
자주 할 수 있어요.
그러니…

…그래! 사랑은
표현이랬어!
해보는 거야!

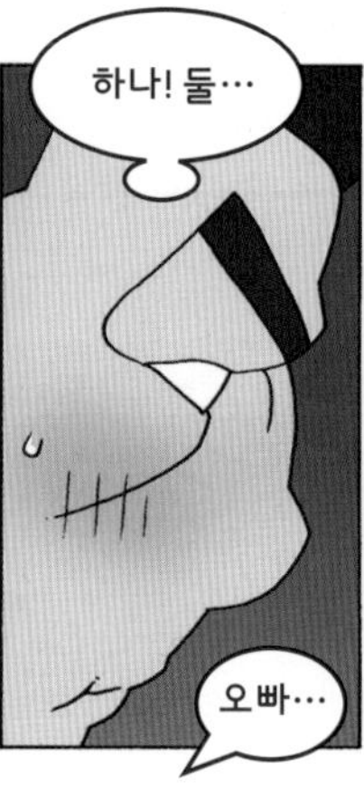
하나! 둘…
오빠…

으… 응?
제…

제우 오빠…

!

보고 싶어…

보고 싶다고…
왜 연락이
없는 건데?
왜…?
이 나쁜 놈아!

……

숙소에 데려다주고
되돌아오는 길,
머릿속을 맴도는
그녀의 눈물…

……

OFF

틱
… 쳇!

ON

아놔! 이 자식을…
앞으로
어떻게 떨궈내지?

어떻게
해명할 거야?
고드 박사…
지난 수개월간 일에
진척이 없잖아!
어르신께서 벌써
수차례 언급하셨어.
그게 무슨 뜻인지
잘 알지?
혹시 일이 끝나면
자신이 어떻게 되는지
알아차린 거 아냐?

그렇지
않고서야…
……
대체 요즘
무슨 일이래?

사… 사랑?
누구한테?
누구긴… 그 헤어
디자이너지.

아, 친구
조카라는…
그 인간한테
친구가 있어?
우와, 도둑놈!
어떻게 딸 같은 처자를
넘본대?

안돼!
나 그녀에게
러브레터 보냈단
말이야!
ㅋㅋㅋ
너 조만간 짐
싸야겠다.

틱

행성 테시스

리리링
CALL

!

틱
OFF

누군데?
응, 호크 대령
조카.

한 3개월 잘 견디나 싶더니 요 며칠 아주 난리야.
귀찮아 죽겠어.

뭐야, 약혼한 사이 아니었어?
약혼은 무슨… 걔가 돈이 있니, 배경이 있니?

그나마 군 생활 좀 편해보려고 외삼촌 믿고 잠시 놀아준 거야.

그런데 개뿔…
유지군 명단에서 이름 하나 어쩌지 못하는 무능한 인간일 줄은…

결과적으로는 감사해야지!
물론! 여기가 이런 천국인 줄 누가 알았겠어?

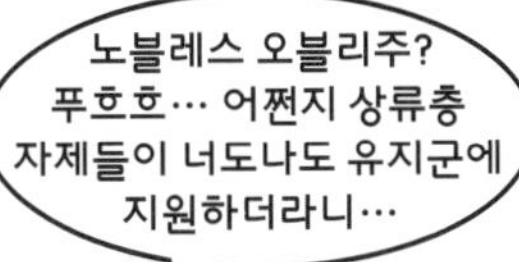
노블레스 오블리주? 푸흐흐… 어쩐지 상류층 자제들이 너도나도 유지군에 지원하더라니…

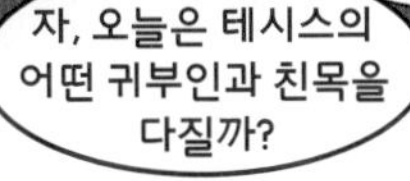
자, 오늘은 테시스의 어떤 귀부인과 친목을 다질까?

DISCONNECTED

……

뭐… 뭐야? 이 자식… 왜 도통 연결이 안 돼?
나야 좋지만…

전혀 예상 못 했지.

그즈음 그녀 주변에 어떤 변화가 생기고 있는지…

얘, 막내야!

아…
네, 언니!

내가 출근하면 파마 약 정리해 놓으라고 했지?
너 내 말이 말 같지 않아? 응?

따돌림이 시작된 거야.

평균 2, 3년의 현장 경험을 거치는 그들만의 관례를 깬 데다가

원장의 배려 없는 편애와 운영이 결정적인 계기였지.
뭐? 너희나 똑바로 해! 메이처럼 손님도 못 끌면서…

사과? 수석 디자이너께서 우리한테 무슨…

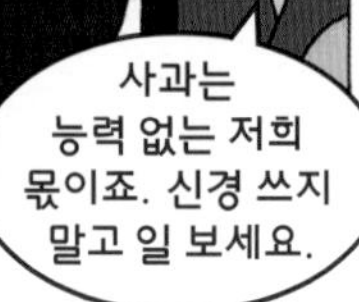
사과는 능력 없는 저희 몫이죠. 신경 쓰지 말고 일 보세요.

아니, 이것들이…!

좋아… 엔젤!
팟
어디 혼 좀 나봐라!

쏴아아

……

좌아아
꺄아! 앗! 뜨거!

……

위이이잉

!

펑
꺄아아…

큭큭큭…
그런데…

그렇게 내가 그녀의 삶에 관여하면 할수록…
누구 때문인진 모르겠는데 어째 주변에 자꾸 이상한 일만 생겨…

저 친구 고드의 여자라며?
쯧쯧… 멀쩡한 아가씨가…
말도 못 붙이겠네.

그녀는 주변으로부터 점점 더 고립돼 가는 거야.

물론 그만큼 내게 의지하는 느낌은 들었지.

하지만 자신이 겪고 있는 일은 일절 내게 얘기하지 않았어.
미소 뒤에 드러나는…

짙어가는 그림자…

아닌데… 이런 게 아니야! 내가 원하는 건…

그러고는… 있어서는 안 될 일이 일어난 거야.

내가 그녀의 남친을
유지군으로 보낸 지
5개월…
탕

전화 안 받는 건
둘째치고
도대체
제우 이 녀석…
어떻게 된 거야?

대체 무슨
생각인 거냐고…!
복무
연장이라니?

푸하하하…

호크 대령이 당황할
모습이 눈에 선하군.
하지만 어쩌겠어?
본인의 무능함이 만든
결과인 걸.

나중에 복귀하면
그 양반 어떻게
보려고 그래?
별걱정을…
1년 연장 기간이 끝나면
난 여기서 제대야!

벨라로 되돌아갈 땐
난 이미 일반 행성민, 군인과
마주칠 일 없지!
호크 대령과
그 조카와의 인연은
5개월 전에 다 끝난 거야.
잘 놀았지 뭐.

자네도
복무 연장
신청했지?
아무렴!
누군들 여기 있다가
다시 그 답답한 원대로
복귀하고 싶겠어?

지금 기분 같아선
아예 이곳에다 말뚝
박고 싶다니까!
일은 쉽고 안전하지,
월급은 곱절, 톱 클래스의
아름답고 어린 귀부인들과
실컷 놀아주고

이런 고급 차까지
선물받는 생활이라니…
푸하하하…
그러게.

정말 천국이…

우웅
!

잠깐,
여러분!
치이익

뭐야? 우리가
누군 줄 알고…
잘 알지.
유지군 장교들
아닌가?

난 테시스 귀족,
랭부르 백작이야.

오늘 두 사람
정말 즐거운 시간을
보냈더군.
당신네
파트너들이 하는
얘길 엿들었지.

나와 친한 사이거든.
내 아내들이라…

아, 이해하네.
혈기왕성한 젊은
남녀들이니…
아울러 자네들도
날 좀 이해해주길
바라.

자네들이 우주의
평화를 지켜야 하는
것처럼
나도 내 가정의
평화를 지켜야
하거든.

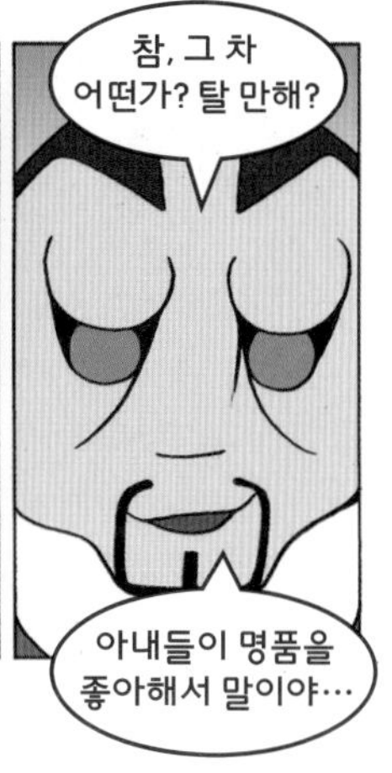
참, 그 차
어떤가? 탈 만해?
아내들이 명품을
좋아해서 말이야…

콰과과과
퍼벅
퍽
퍽
퍽

쾅

이제 곧 돌아올
거라 믿고 있었던
남자친구의
죽음…

테러범들과
교전 중…
전우를 구하려다
전사했다더군.

박사님!

고드 박사님!
지금 제 말 듣고
계세요?
오늘
통치위에서 어떤
결정이 내려졌는지
아세요?

더 이상 박사님께
프로젝트를 맡기지
않겠대요!

그렇게 되면
지금까지의
공로가…
아니야!
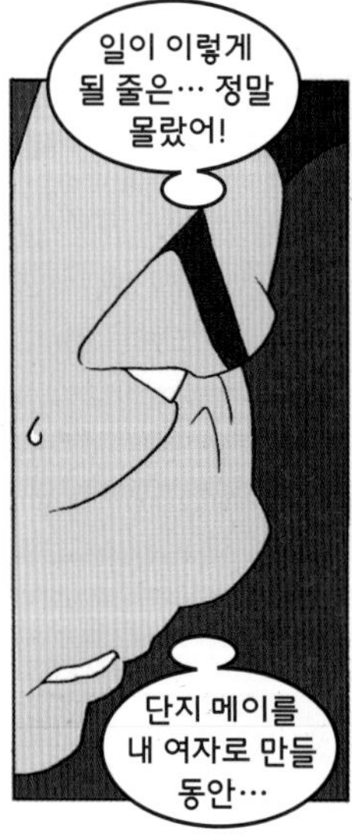
일이 이렇게
될 줄은… 정말
몰랐어!
단지 메이를
내 여자로 만들
동안…

전투 부대가
아니라 행정부로
파견한 것도 바로
그 때문인데…
&%#@*+!!!
그… 그런데
전사라니…

제기랄!
탕
후우우우…
……

……

뜨는으로
지새운 다음 날
아침이 돼서야
그동안
내가 무슨 일을
저질러왔는지
구체적으로
깨닫겠더군.

외톨이였던 내게
친절을 베풀어준
단 한 사람…

맙소사…
그런 그녀에게
고작 내가 한
짓이라곤…

크아아아…!
너무 괴로워!
그냥 이대로
죽어버릴래!

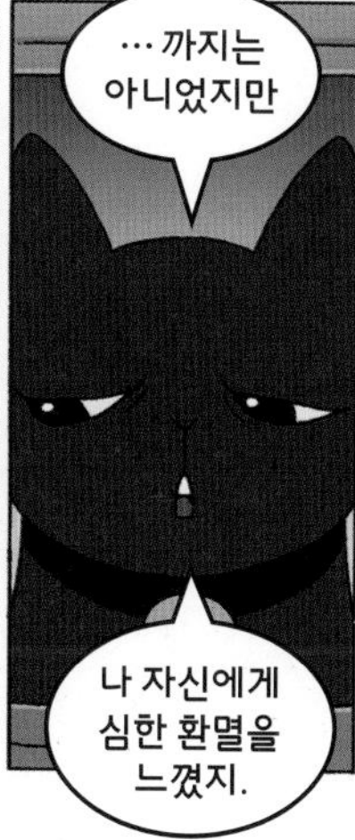
…까지는
아니었지만
나 자신에게
심한 환멸을
느꼈지.

그리고 문득
엔젤 프로젝트에
대해 의구심이
드는 거야.
사실… 다른
사람들이야 어떻게
되던 내 알 바
아니었지만.

……
나처럼 자신을
컨트롤하는 능력이
뛰어난 사람도
이 지경인데…

그건 빈말이 아니었어.
꼬마야, 너 참 귀엽구나. 잠깐 얘기 좀 할까?

이제 5명만 더 채우면 난 100명의 여자를 안게 돼!
상황을 통제할 힘을 가졌으면서도

그래, 아저씨. 잘 자. 당신 돈은 내가 잘 쓸게.
사람들의 악덕을 목격하면서

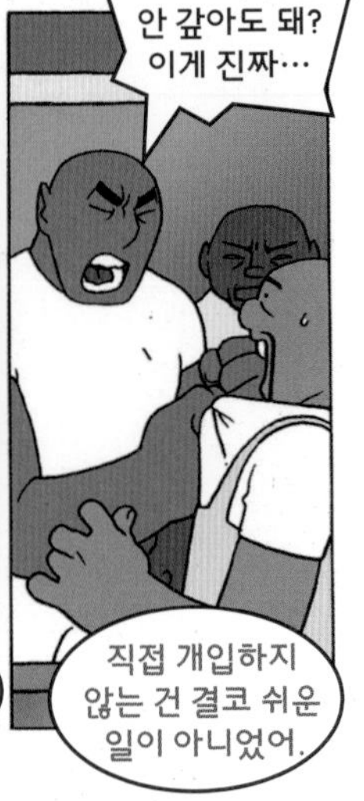
뭐? 도박 빚은 안 갚아도 돼? 이게 진짜…
직접 개입하지 않는 건 결코 쉬운 일이 아니었어.

하물며 가치 판단의 기준이 전혀 다른
행성 소유자들이 이 힘을 갖게 된다면…

그래서 만일 메이가 그 피해자가 된다면…

……

후우우우…
정말 한심하군. 어린 계집애한테 빠져서는…

태업에다 이젠 무단결근…?
실망이야, 고드 박사!

더 이상은 내가 곤란해.
그동안 수고 많았어!

얼마 후,
일상으로 되돌아온
그녀…
뭐라고 말을 꺼내지?
무턱대고
위로의 말은 좀…
어떻게 대화를
시작해야…
잘
지내셨어요?
응?
…으응.
……
저…
우리 간만에
영화… 볼까?
…죄송해요.
아, 그…
그래, 그렇지…
그럼…
밥… 먹을까?
아뇨,
밥은…
……
…이제
만남은 이걸로
끝이려나?
술 사주세요.
!
MAY
C.B

그게 뭐야?

귀엽죠?
제우 오빠가 선물했던
행운의 마스코트…
귀여운
고양이 소리가
나요.

눌러보실래요?
꾸욱

알러뷰, 메이!
메이
체리 블라섬!

메이
체리 블라섬?
제 풀네임요.

엄마가 절 낳으실 때
벚꽃이 만발했다고…
아무리
생각해도 성의 없는
네이밍…

이름 때문인지
어려서부터 갖게 된
꿈 중 하나는

사랑하는 사람과
짝을 이루게 되면

벚꽃이 만발한
야외 식장에서
많은 사람이
축복해주는
그런 결혼식을
하고 싶었어요.
……

그런데
그 남자…
너무 멀리
가버렸네요.

알러뷰, 메이!
메이
체리 블라섬!

여자 문제?
고드 박사가?
네.
푸흐하하…
하긴 모든 수컷들의
화두죠.
그래, 후임은
정했습니까?
네, 집사님.
오늘 오전에
결정됐습니다.
그 때문에 연락
드리는 일이 며칠
늦었네요.

그럼… 정말
고드 박사의 역할은
모두 끝난 건가요?
놓치고 있는
부분은 없습니까?

완성된 부품을
설계대로 조립하는 과정만
약 10% 정도…
남아 있는 상태라고
이해하시면 되겠습니다.

닥터 고드가 창의성을
발휘할 영역은 모두 마무리
됐습니다.
일할 의지가 없는
그의 빈자리는 그보다
뛰어난 젊은이들이
메꿀 겁니다.

그래요, 그럼
내일 중으로 시술팀을
보내겠습니다.
아, 저…

그런데 어르신께선
왜 굳이 고드 박사를
인공 뇌신경 세포자 시술로
남기시려는 걸까요?
물론 재능 있는
인재이긴 합니다만,
그런 결정을 내릴
정도까지는…

질문의 의도가
무엇입니까, 박사?
권한을 넘어선
호기심 같군요.
아, 전 단지
어르신께 도움이
됐으면 하는…

지금 누가 누굴 돕겠다는 건가요?
그렇게 궁금하다면 바로 답변하죠.
어르신 취미 생활입니다. 됐어요?

죄… 죄송합니다. 제가 단어를 잘못 선택했네요.
그… 그럼 다시 연락 드리겠습니다.

팟
OFF

후우우… 까칠하긴…
대체 무슨 꿍꿍이람?

이런 시건방진…

하여간 말 좀 받아주면 주제도 모르고 기어올라! 쯧!

……
!
아! 마리는 가서 인공 뇌신경 세포자 소켓 새 걸로 하나 가져온.

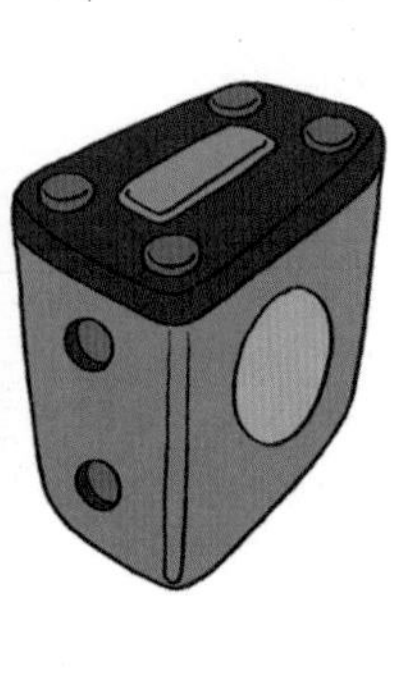

그래? 그럼 고드 박사가 몇 번째 샘플이 되는 거지?
42번째요.

치익

하긴… 대부분 이 시술의 목적이 개인의 의식 체계를 단순 보전하기 위한 것인 줄로만 알지.
어르신도 처음엔 그렇게만 아셨으니…

후우우우…
그러니까…
그건 아니라는 거죠!

저 정말 매일매일 열심히 폐 끼치지 않고 살고 있거든요.
그럼 언니들이 나한테 이러면 안 되는 거잖아요?

요즘… 정말 많이 힘든데…
언제까지 날 따돌리면서…

……

그만! 싫어! 충분히 울었어!
그러니 그만하라고!

죄송해요… 제가 오늘 좀 마셨네요.
요즘 주변에 아무도 없어서요. 그래서…

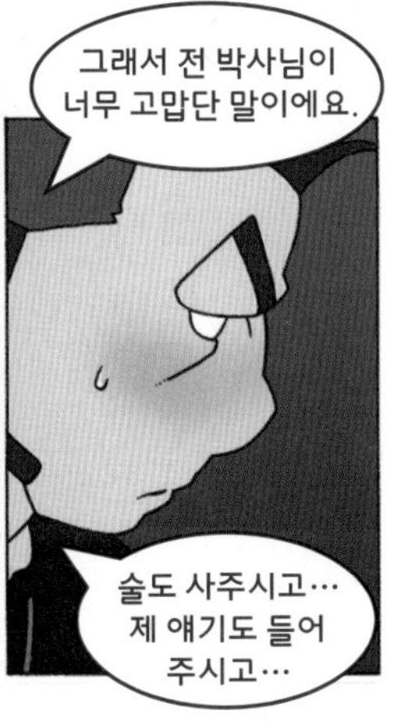
그래서 전 박사님이 너무 고맙단 말이에요.
술도 사주시고… 제 얘기도 들어 주시고…

감사합니다…
근데 제가…
너무… 제 얘기만…

박사님은…
제 나이 때 어땠어요? 박사님도 많이 힘드셨…

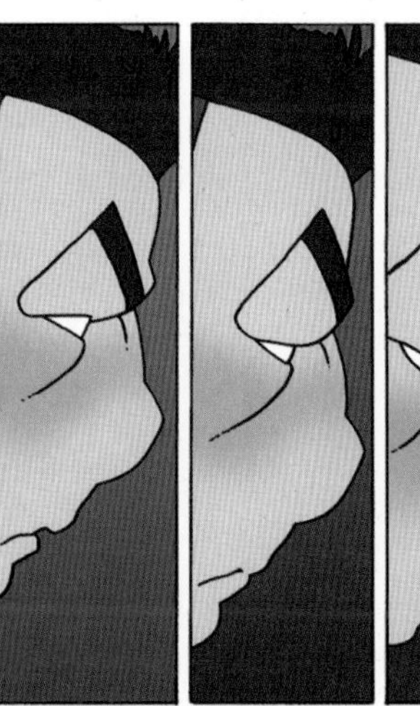
뭐…
별로…

그냥…
……
연구실…
도서관…
연구실…
도서관…
성적이…
단 한 명에게
라도 뒤지면…
등록금을
내야 했거든…
툭
…ZZ
……
ZZZ…
맙소사…
왜
그랬을까?
그날…
ZZ…
난 그녀를 숙소로
데려가지 않고
내 집으로
데려왔어.
ZZZ…
도대체…
그날 난
왜 그랬을까?

ZZ…
스윽

미안한 감정, 지켜주고 싶다는 마음 등이 복잡하게 뒤섞여 있었던 것 같아.

ZZZ…

……
ZZ…

틱
!

낮에 확인하지 못한 메일에는 해고 통지서가 들어 있었어.
무단결근과 계약 기간 초과가 그 이유.

흥! 웃기고 있네. 누구 맘대로…
요 며칠 별다른 태클이 없다 싶더니 고작 이런…

서버에 접속해 내 이름으로 검색된 데이터 중에
DELETE
?
해고 관련 정보들을 모조리 지우고 나오는데…
그녀의 방 안에 누군가 있었지.
고드라는 그 인간 따라 나가더니… 오늘 안 들어올 건가?

그 음흉한 인간이랑
술 마시려던 것
같던데…
쯧쯧…
남자친구까지
죽은 마당에 그런
악당이랑…

야, 우리 그만하자.
사실 메이 잘못도
아니고…
서운한 건
선생님 태도인데
계속 메이만
감싸시니…

그녀에 대한
두 사람의 대화는
한참이나 계속
되고 있었어.
……

오를 대로 오른
취기…
…ZZ

…ZZ
ZZZ…

다음 날 아침,

턱

탱그랑

유리잔 깨지는
소리에
눈을
떴을 땐…
!

이미
모든 게…
끝나 있었지.

아침에 깨어난 그녀는
날 위해 간단한 요깃거리를
준비했던 것 같아.
박사님…
ZZZ…

그러다 열려 있던
파일 이미지에서 우연히
자기 방을 발견하고
!
ZZ…

그 파일 안에서
내가 저지른 일들을
보게 됐던 거야.

내 몸에
손대지 마!

살인자!
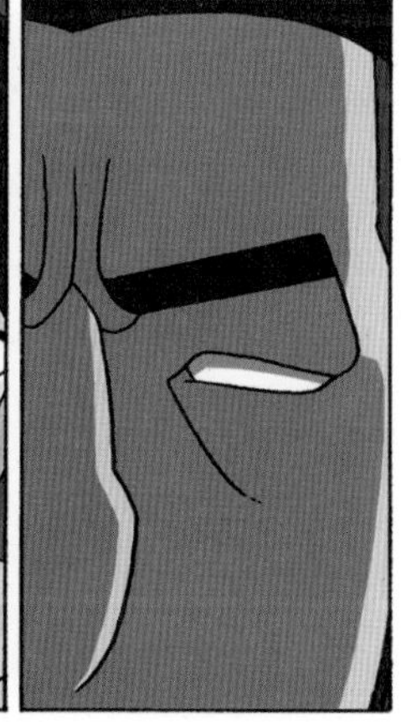

오케이! 고드 혼자 남았습니다.
시술팀 준비하세요.

……

긁적
긁적

그런데 문득 말이야.
어쩐지 그 상황이 익숙하게 느껴지는 거야.

돌이켜 보니 내 인간관계라는 게 대부분 이런 식의 결말이었거든.
……
나라는 놈…
대체 어디서부터 꼬여버린 걸까?

잠깐이라도 한눈팔다간 바로 밑바닥 인생…
그런 조건에서 남들과 경쟁해 왔어.

목표를 이루기 위해선 늘 가장 빠른 수단과 방법을 찾았지.
그렇게 앞만 보고 달려 왔더니…

언제부터인가 주변에 아무도 없더라고. 하지만 신경 쓰지 않았어.
사람 마음 얻는 것도 해왔던 대로 하면 되리라고 생각했었으니까.

그런데… 그게 아니더라고. 결코 내가 원하는 대로 되질 않는 거야.
모르겠어. 뭘 어떻게 해야 하는 건지…

살인자!

……

그것이…

내 몸의
마지막이었어.

4권 마침.

DENMA 4

초판 1쇄 발행일 2016년 1월 26일
초판 4쇄 발행일 2022년 1월 27일

지은이 양영순
채색 홍승희
펴낸이 정은영

펴낸곳 (주)자음과모음
출판등록 2001년 11월 28일 제2001-000259호
주소 10881 경기도 파주시 회동길 325-20
전화 편집부 (02)324-2347, 경영지원부 (02)325-6047
팩스 편집부 (02)324-2348, 경영지원부 (02)2648-1311
E-mail neofiction@jamobook.com

ISBN 979-11-5740-129-1 (04810)
979-11-5740-100-0 (set)

이 책에 실린 내용은 2011년 1월 9일부터 2011년 7월 22일까지 네이버웹툰을 통해 연재됐습니다.